U0084818

# 第一才子
# 紀曉嵐

羅宗陽　著

# 前言

羅宗陽

乾隆、嘉慶年間，湧現出不少著名詩人、詞人和小說家，卻沒有那個像紀曉嵐那樣，兼有詩人、小說家、評論家、編纂家等多重身份，紀曉嵐是一位奇才。

紀曉嵐名昀，字曉嵐，一字春帆，晚號石雲、觀弈道人，直隸獻縣（今河北省獻縣）人，生於雍正二年（一七二四年），卒於嘉慶十年（一八〇五年）。自三十一歲中進士後，擔任過多次鄉試、會試同考官或正考官，五次出掌都察院，三任禮部尚書，並曾擔任短時間兵部尚書，最後在內閣協辦大學士任上辭世，謚號「文達」。他的一生在事業上最輝煌的時期，是自乾隆三十八年任四庫全書總纂官開始的近二十年時間。

紀曉嵐現存的著述，以他的門人編輯的詩文合集《紀文達公遺集》和筆記小說《閱微草堂筆記》為主，此外尚有《評文心雕龍》、《史通削繁》、《畿輔通誌》、《沈氏四聲考》等。他在學術上的最大貢獻，是由他主持編撰的《四庫全書總目提要》。此書初起雖由多人起草，最後的刪定、校改均出自紀曉嵐一人之手。這在紀曉嵐本人自述和友人的記載中，可以證明這一點。這兩百卷的目錄學著作，對四千多種典籍，一一撮舉大旨，辨析源流，考核得失，在中國文化史上是空前的壯舉，也是稱譽世界的文化瑰寶。

《閱微草堂筆記》也是他在中國文化史上的一大貢獻。此書出現在當時小說界，達到與《紅樓夢》、《聊齋志異》三足鼎立的地位。其實，《閱微草堂筆記》的價值，倒不在小說界定上的意義，而在其豐富的文化內涵。其一千二百餘篇筆記，不少是記實性筆墨，內容廣泛而細致，個中品味，大大超過它在小說意義上的作用。

作為文人，像紀曉嵐那樣的全才通儒，在乾、嘉兩朝並不乏其人，但像他那樣有機會接觸數千年來眾多的典籍，有清一代，也只有他一人。同時，紀曉嵐睿智機敏，幽默詼諧，又為旁人所不及，這給他的生活和事業平添傳奇色彩，人們從他的多才多智中，可獲得另外一種啟示。

● ● ●

我在這裡寫的近百篇短文，是就紀曉嵐各生命階段作粗略的勾勒，集中寫他睿智多才、幽默滑稽、處世為人、學術觀點、文化思考。我覺得幽默滑稽，是紀曉嵐性格的一面，而嚴肅的思考則是他性格的另一面，只有這兩者結合才是一個完整的紀曉嵐。

所寫文章，架構盡量外延，以保持其趣味性、可讀性和知識性。材料主要採自紀曉嵐詩文集和《閱微草堂筆記》，以及清人有關記載。加工部分只是某些細枝末節。至於那些明顯從別的著名文人（如解縉、金聖嘆、李調元）身上移用的事例，本書則不苟同。

本書的寫作，得到林郁工作室總編輯林郁先生的鼓勵與支持，張秋林先生也給予不少具體指導和幫助，在此，謹致以誠摯的謝意。

由於對紀曉嵐的評價存有爭議，加之清人記載又多是一鱗半爪，本書的描述和評析不一定準確，有疏漏處，尚祈高明賜正。

# 目錄

## 第一章 鬼才少年，出人頭地



## 第二章 機智百出，幽默行事

## 第三章　西域紀行，總編纂官

目錄

## 第四章 一生雅趣，博大精深



## 第五章 旁徵博引，浩瀚才學

## 第六章 閱微知者，福壽兩全

# 第一章 鬼才少年，出人頭地

## 投胎的傳說

中國神祕文化，有一種投胎轉世的說法。大凡名人賢士，都附有由某某轉世的傳說。如說蔡邕是張衡後身，嚴武是孔明後身，房綰是永禪師後身等等。

紀曉嵐是清代第一大才子，一代學術宗師，曾兩任御史，三任禮部尚書，並當過短時期的兵部尚書，最後以內閣協辦大學士（副宰相）辭世，自然對他的前身有種種說法。

一說是火精轉世。火精傳世後五代即有，係女性，每次出現，需擊銅器驅逐。曉嵐出生後耳垂有穿過耳環的痕迹，腳板尖而白皙，似曾纏足，不宜穿靴，穿靴要墊棉絮。這種女性特徵，為火精轉世說提供了依據。有的筆記有鼻有眼地記載著，說紀曉嵐出生時，有人看見，火光熊熊中一個婦女，逕奔紀府而消失。

一說是猴精轉世。紀曉嵐平生不喜穀食，喜食板栗、雪梨等果品。桌上一有這些果品，隨即抓食。少時生性好動，在家無片刻安坐。這種嗜好和心性與猴子相仿，因而又有猴精轉世之說。

一說是蟒精轉世，依據是紀府附近宅地中的大蟒，自紀曉嵐出生後，倏忽不見。

這種種說法當然是附會和推測。正如有人說蘇東坡前身是五祖戒，後身是徑山果一樣（都是禪宗人物），為的是給各家各派增添光彩或為因果報應提供例證而已。

紀曉嵐生於雍正二年（一七二四年）六月十五日午時，當時取名「昀」，取字「曉嵐、春帆」。他的祖父紀天申有四子，父親紀容舒居長，做過雲南姚安縣知府，人稱姚安公。在孫字輩中，紀曉嵐排行第五，他與別的孩子一樣，在出生時沒有什麼特別。但紀曉嵐年幼時，確有兩件事與眾不同，一是他的驚人的記憶力，一是他的特異功能。

五歲時，紀曉嵐接受家庭教師的訓導，啟蒙先生之孺愛教他念《三字經》。開始幾天，每天教他二十多個字，以為這樣已經夠多。誰知他過目不忘，念幾遍即已背熟，不到半個月，把一本《三字經》背誦如流。小小年紀便開始讀《四書》、《五經》，並練習作詩、聯對。他對聯對有一種特殊的敏感，有一次常在他家行走的慧明和尚，見他頭上梳有狀如蟬頭的髻髻，戲謔地出上聯道：

「牛頭喜得生龍角。」

紀曉嵐白了老和尚一眼，張口對道：

「狗嘴何曾長象牙。」

此語一出，博得哄堂大笑。這對句回答了老和尚的笑謔，而又對得十分工整，出自一個五齡小童，確是身手不凡。

紀曉嵐另一天賦異稟是在四、五歲時，不點燈火，能在黑暗中看清物件。此事他本人記憶頗深，在六十九歲寫的《槐西雜志》中，作了如下一段記述——

余四、五歲時，夜中能見物，與晝無異。七、八歲後漸昏闇，十歲後遂全無睹。或夜半睡醒，偶爾能見，片刻則如故，十六、七歲後以至今，則一、兩年或一見，如電光石火，彈指即過。蓋嗜飯日增，則神明日減耳。」

這時紀曉嵐已是朝廷重臣、文章泰斗，他對兒時生活的回憶，當不屬虛語。

清人具有這種特異功能的人不少，與紀曉嵐同時曾任禮部侍郎的齊召南，據記載，目力超人，能辨別出二十里以內的紅色、紫色。

這種現象，到底是誇張，還是事實，有待科學考察，但某些人具有特殊稟賦，似乎是明確的事實。

## 三百年前的外來戶

紀曉嵐祖籍直隸河間府獻縣（今河北省滄州地區獻縣），這是正史上記載很清楚的。實際上他的遠祖並非獻縣人，而是江蘇應天府上元縣人氏。永樂初年，明成祖朱棣，定遷都北京，三次詔命「遷民實京畿」，命令從江蘇、江西、山西、陝西等地移民至北京附近地區。永樂二年（一四〇四年），紀曉嵐的始祖紀椒坡就遵照明成祖詔命，帶領族人遷來獻縣。

當時移民，雖是皇帝命令，但官府並未指定某家某戶在何處居住。紀椒坡雖是一個大族，心中也沒底。來到獻縣一個小鎮，看到四周古風猶存，交通便利，物產豐富，便在這裡定居下來，這就是景城。景城原為西漢河間國景城縣治所，後隨歷史推移，縣制撤銷，隆為獻縣屬地。五代時輔佐過十位君王的五朝宰相馮道出生在這裡。

獻縣古稱瀛州，相傳為漢初獻王劉德的封地，城東八里有墓，縣名由此而來，這裡東臨渤海，西依太行，南控齊魯，北鎖京津，是京畿通往東南地區的門戶。但此地大部分地區東高西低，海岸陡絕，潮不能出，又是黃河入海的九河故道，水災頻繁，土地貧瘠，生計困難，京師裡的妓女和太監有不少出自這裡。

紀氏落戶地點自然條件較好，經過幾代子孫繁衍，至明末發展成當地一個大族。人丁數百口，分兩地居住，一支在景城，一支在景城東約三里的崔爾莊，紀曉嵐就是出自這一支。崔爾莊這一支，在崇禎十五年，遭受戰亂，族人慘遭殺戮，幾至滅門。這裡有一個義僕救主的故事。

紀曉嵐的曾伯祖鎮番公那年剛滿歲，兵亂中掠至山東臨清。臨清離獻縣相距數百里，一個孩子，舉目無親，那能回家。恰好遇上舊日的僕人李守敬。李守敬是紀家的忠實家丁，性格耿直，嫉惡如仇，受到別的僕人排擠，被逼離開。這時看到少主人流落街頭，大驚失色，忙把他帶回家中。

「怎麼辦？」李守敬左思右想不知怎樣處理。他耽心紀家掛念孩子的安全。當時沒有別的交通工具，家中只有一輛獨輪車，便決計用獨輪車送小主人回去。

臨清至獻縣，數百里之遙，道路崎嶇，兵荒馬亂，巔巔簸簸，躲躲藏藏，有時一天只能走十幾里，經過一個多月的跋涉方到達紀府。當主僕二人到達崔爾莊時，紀家好像從天而降一樁大喜事，闔家都來問候，圍著向李守敬道謝。

鎮番公母親更為感動，拿出一百兩銀子作為謝禮。李守敬連連叩頭，拒絕接受：

「小人不是來求賞的，謝謝夫人美意。」

「敝族虧待了你，你記掛著我們，大恩大德何以為報！」鎮番公母親誠懇地說。

「救人危難是人的本份。小主人遭難我理應盡力。」

再三推辭不受，最後灑淚而別，自此沒有再來。此事對紀府震撼至極，眾口相傳，時隔一百多年，紀曉嵐也鄭重其事地將它記入《閱微草堂筆記》。

入清後，紀家得到恢復。康熙年間，崔爾莊人丁更加興旺，科名日趨顯著。到紀曉嵐曾祖紀潤生成名時，地位更為顯赫。

紀潤生名珏，是紀椒坡十世孫，官至刑部江蘇司郎中，加三級累贈光祿大夫。夫人王氏，生有一子，長名紀天澄，次名紀天申。紀天申又有四子，長子紀容舒，次子紀容雅，三子紀容恂，四子紀容瑞。紀容舒是紀曉嵐的父親，康熙五十二年（一七一三年）恩科舉人，歷任四川、山東二司員外部，刑部江蘇郎中、雲南姚安軍民府知府，累贈光祿大夫，著有《唐韵考》五卷，《玉台新咏考異》十卷。至此，紀家已頗享盛名。

紀府的榮辱盛衰，與時勢很有關係。但紀氏家族把它歸為祖墳的福蔭。

紀氏祖墳在景城的北面，那兒的橫崗坡，風水先生說是紀氏祖墳的龍脈。可是那塊地不屬於紀氏。而屬姜姓。

明朝末年，姜姓嫉妒紀氏興旺，建座真武祠在上面，意在壓制地脈。恰好崇禎十五年發生兵燹，紀氏遭難。後來真武祠衰敗，紀氏又興旺一些。乾隆間，這塊地落到紀曉嵐的從侄紀信夫手中。紀信夫不知道這塊地的歷史，又建一座土神祠在那裡，不偏不倚。紀曉嵐恰在這時因鹽案泄秘被貶。於是紀氏家族，都相信祖墳福蔭之說，嚇得紀信夫急忙拆掉土神祠。

紀椒坡最初在獻縣落戶的住宅，並非正在景城與崔爾莊之間，幾經兵燹，早已成為平地。這塊地在乾隆時屬紀曉嵐的族叔紀椉庵。紀椉庵為乾隆二十一年（一七五六年）舉人，為示不忘先祖，準備在那兒建一棟房子。紀曉嵐父親姚安公，特意預先替他擬寫了一副對聯，恰當的概括了後人對先祖的懷念，聯曰——

當年始祖初遷地
此日雲孫再造家

紀棨庵的房子後來沒有興建，幾年後（一七六四年）姚安公卻因病謝世。風水先生四處卜地，都找不到合適的，唯一中意的地方是紀棨庵準備建房的那塊地，於是就葬在那裡。誰也沒料到，姚安公幾年前的題聯，現在成了自身的輓歌。

紀家的來歷，真是風風雨雨。

## 師生對答

紀曉嵐五、六歲時，父親紀容舒外任雲南姚安府軍民知府，把他托付給家鄉的四弟紀容瑞管教。紀容瑞是府學庠生，精研經史，工於詩詞，很喜歡這個聰穎的侄兒。在紀曉嵐於塾館攻讀《四書》、《五經》的同時，他悉心教他吟詩作對，小小的紀曉嵐在年幼時代就不僅具有一定的經史知識，而且還有嫻熟的應對功夫。九歲時，應童子試即令考官大為驚異。

童子試是在春天，紀曉嵐由家人陪同到縣學應考。縣學院子裡桃花盛開，非常誘人，在考試之前，紀曉嵐禁不住折了一枝。恰好這時担任考官的教諭來了。眾童子見教諭駕到，一個個垂手侍立。紀曉嵐捨不得丟掉桃花，忙把它藏在袖筒裡，侍立一旁，眼睛不停地打量教諭。教諭見這孩子膽大機敏，長得清秀，便近前問道：
「看你這樣子，很頑皮，不知書念得如何？」
「等一會入場考試，大人就會知道了。」紀曉嵐回答。
「呵，口氣不小。」教諭很感興趣地說道，「沒有入場考試之前，我倒先要試你一試，我出一聯，你來對吧！」
教諭隨即吟出一句上聯——

小童子袖裡暗藏春色

紀曉嵐明白教諭看到了自己袖裡藏桃花。於是他也就眼前情事，吟出下聯——

老宗師眼中明察秋毫

教諭沒有料到他應對如此之快，且又工整貼切，大為驚奇，連聲稱讚：
「好，是個小才子，前程無量。」
一年後，紀曉嵐到河間府參加府試。担任府試主考的是三年前登科的舉人，得知紀曉嵐是個小神童，也想試他的才思。他給紀曉嵐出了一句上聯——

十歲頑童，豈有登科大志

這聯有嘲諷之意。笑紀曉嵐小小年紀，不可能有大的志向。紀曉嵐明白其中意思。他也不客氣地反唇相譏，答出一句下聯——

三年經歷，料無報國雄心

快言快語地把考官嘲笑了一番。考官臉色唰地紅了，但並不介意。他覺得這孩子的確有才智，繼續試探。他環顧前後，看到門上繪著神荼、都壘兩位門神，於是又出一聯——

門上將軍，兩腳未曾著地

紀曉嵐不肯示弱，略一思索，又答道——

朝中宰相，一手可以托天

這聯又對著工整貼切，這位考官滿意地笑了。

府考後半年多，紀曉嵐課餘閑暇，有一次與幾個小伙伴在崔爾莊頭官道上玩球，又遇上了府考考官。這時府考官已升任河間府知府，乘轎路過此地，恰好紀曉嵐把球拋進了他的轎子。他聽到差役們吆喝，不知怎麼回事，揭開轎帘一看，見是紀曉嵐怔怔地站在那裡，忙叫停轎。

這時紀曉嵐也認出眼前乘轎的人正是半年前的府考官，急忙向前施禮問候。

知府問道：「近來功課可好？」

紀曉嵐恭敬地回答道：「學生不敢懈惰。」

「那好，」知府道：「你的球在我手中，我出一聯，答得出，我就把球還給你。否則，休想。」

紀曉嵐笑道：「請大人賜教。」

知府道：「童子六、七人，惟汝狡。」

紀曉嵐想了想，脫口說道：

「太守兩千石，獨公——」說到這裡不往下說，望著知府狡黠地笑。

「最末一字如何不說？」知府問道。

紀曉嵐吞吞吐吐地道：

「如果大人把球還我，那就是『獨公廉』，假如您不肯還給我……」

「不肯還給你又怎樣呢？」

「那便是『獨公貪』啦！」

知府對他這頑皮話，氣得笑了起來，拍拍他的腦袋，說道：

「你真是個聰明的小頑皮，再用心讀書。」說罷，把球還給了他。

紀曉嵐的才名已名揚鄉里，這時有一個老學究對紀曉嵐的年少聰穎頗不以為然。有一次路過塾館，特意進來會會紀曉嵐。

塾館先生對老儒很尊敬，忙把紀曉嵐從屋內叫出來。老儒坐在椅子裡，一動不動，臉色嚴肅，見紀曉嵐進來，似乎沒有看到。硬梆梆地說：「今有一聯，你可屬對？」遂吟道——

二猿伐彎樹，看小猴子如何下鋸

這一聯借「猴」與「孩」、「鋸」與「句」諧音，嘲諷紀曉嵐為小猴子。

紀曉嵐明白他的用意，見面時，見老儒那不屑一顧的神氣就很反感。他想不給老朽一點顏色看，那他更瞧不起人。他略加思索，便答道——

一馬犁泥田，瞧老畜生怎樣出蹄

紀曉嵐以其人之道還治其人之身，借「蹄」與「題」諧音，把老儒罵成老畜生。那老儒本想顯示一下自己的功夫，却沒有料到，不但沒有討到便宜，反倒碰了一鼻子灰，只好悻悻然走了。

自此，紀曉嵐在鄉里的名聲更越來越大。

## 補水月寺聯

滄州城西北有座水月寺，是幾百年前唐代的建築。因年久失修，至清初已破敗不堪。雍正年間重新修建，面目始煥然一新。寺院面臨衛河，開闊明朗。寺內亭台樓閣。幽欄曲徑，花木掩映，古樸生香。吸引了不少遊客和善男信女。

不知那個遊客，在遊覽過水月寺之後，在寺內一顯要位置的亭柱上題寫一句上聯，聯云——「水月寺魚游兔走」

這一聯不是寫眼前的景致，而是從「水月」二字的意境上生發，以水配魚，以月配兔（傳說中月亮上有一隻兔子），使水、月、魚、兔互相呼應，構成一個特殊的境界。看上去很平易，實際上語意頗深。聯語出現後，給滄州人出了一個難題，幾十年無人應對。遊人來往不少，大都只是搖頭晃腦，品賞一番而已。

乾隆五年，紀曉嵐從北京回鄉參加科考。他是在十二歲隨父親調任京師戶部任職而來到北京的。這時離家已五、六個年頭，他已十七歲，長成一個半大人了。

到家不久，便來到滄州看望外祖父。外祖父張雪峰看到外孫已長大成人，非常高興。為了增長他的見識，便叫兒子張夢徵陪他去水月寺觀光，其用意是考考紀曉嵐的才智，看他能否對出那半副對聯。

紀曉嵐在舅父張夢徵帶領下，來到水月寺。寺院裡幽雅靜謐，古色古香，使紀曉嵐第一次領略到景色中的禪趣。他倆在亭柱旁停下來，亭柱上赫然寫著那副上聯。

張夢徵問道：

「昀兒，這是待對的一副上聯，你可否對出下聯？」

紀曉嵐端詳了一會上聯，覺得這一聯是從寺院名稱起意，不仔細思考，難以覺察。於是突然想到山海關這一地方。他笑著答道：

「可以對，以『山海關』對『水月寺』即可。」

他對出的下聯是——「山海關虎躍龍飛」

這一聯以「虎」、「龍」與「山」、「海」相呼應配合，同樣是從名稱上出發，與上聯對得天衣無縫。在場的遊人聽他吟完此聯，都齊聲唱彩，連稱：「高才，高才！」

寺僧急忙取來筆墨，紀曉嵐把它題寫在另一楹柱上。

回去後，他的外祖父大人誇獎了他一番。

破譯48字詩

乾隆五年，紀曉嵐十七歲，在這年取得了秀才資格以後，便由四叔紀容瑞陪同，到東光縣馬周籙家求親。

東光馬家也是河間府的一個大姓，族人大多，歷代都有仕宦之人，馬周籙本人也是進士出身。馬周籙的二女兒馬月芳才名遠播，容貌出眾。每有求親者，均必出題應試，合格者方允婚，只是至今尚無中意之人。

紀曉嵐聽說馬家二小姐才貌雙全，對求婚者出題應試，早就想試探她的才學，會一會這位才女。可是他父親和四叔在他未考取秀才之前不允許，現在父親正式修書向馬家求親，並有四叔陪同登門，他心裡充滿了自信和喜悅。

紀容瑞對自己侄兒的才學是了解的，但他並不清楚馬月芳的底細。所以一路上再三叮嚀紀曉嵐小心在意，不可恃才傲物。

馬周籙對紀府叔侄二人的到來，非常高興，盛情款待。他早就耳聞紀家五公子才華出眾，是個神童。現在見他確實長得英俊瀟灑，談吐不凡，年齡又與女兒相當，心中已有八、九分中意，只是礙於女兒的要求，不便就此答應。

晚宴過後，出題應試開始。丫環從內室送出一幅字跡娟秀的上聯——

乾八卦，坤八卦，八八六十四卦，卦卦乾坤已定；

紀容瑞從旁看到這幅上聯，不禁一驚。這馬小姐確非尋常之輩，此聯很怪，非輕易能對，他耽心侄兒受窘。回頭看看紀曉嵐，紀曉嵐却不慌不忙地寫出了下聯——

鸞九聲，鳳九聲，九九八十一聲，聲聲鸞鳳和鳴。

這下聯不僅字面對得工整，且有夫妻好合之意，切合求婚情景。馬周篆看了，禁不住脫口喊好，紀容瑞見侄兒胸有成竹也頗為得意。

應對過後，馬周篆正要說話，這時，丫環又從內室捧出一張花箋，遞給馬周篆，面對眾人說道：「這是小姐題的一首詩，小姐說，公子如能讀出來，小姐就答應婚事。」

馬周篆以為應對過後，就此了結，沒有料到女兒又「加試」一道題目心中頗為不快。原來馬月芳見紀曉嵐迅速對出的佳對，非常欣賞，但又想再深探一下紀曉嵐的才華。所以又出此一道題目：

花箋上寫的一首詩是四十八個字——

月中秋會佳期下彈琴誦古詩中不聞鐘鼓便深方知星斗移少神仙歸古廟中宰相運心機

這四十八個字沒有句讀，出題者的目的，就是要人斷句。可是此詩無論從四字句、六字句來斷句，都不成體統。若從七言律詩來斷又少了8個字。所以眾人看了，面面相覷。

馬周篆心中嗔怪女兒多事，好端端一樁婚事將被她毀了。紀容瑞躭心侄兒被困。他想婚姻不成事小，丟人現醜事大，要是讀不出來，將有何面目見鄉親。

大家都把目光焦急地投向紀曉嵐。紀曉嵐開始讀了幾遍，也茫然不知所云。他明白詩中暗藏機巧，不能按一般句式朗讀，必須從字句的組合上探查。他試著按不同的句式默念，突然明白過來。原來這是一首「藏頭露尾」詩，起首的一個字做了最後一個字的一部分，其它各句的頭一字，便是上句末尾一個字的半邊，於是他高聲地朗讀起來——

八月中秋會佳期，
月下彈琴誦古詩。
寺中不聞鐘鼓便，
更深方知星斗移。
多少神仙歸古廟，
朝中宰相運心機。

幾時到得桃源洞，

同與仙人下盤棋。

紀曉嵐剛剛讀完，屋裡頓時熱鬧起來，馬周篆容光煥發，嘖嘖稱頌：

「賢侄大才，可喜可賀！」

紀容瑞也興奮得走到侄兒跟前，拍拍紀曉嵐的肩膀，祝賀他成功。

紀曉嵐心裡更是樂滋滋的。

紀曉嵐與馬月芳的婚事就這樣確定下來，當場換了庚帖。幾個月後他們便成婚了。

## 小情人文鸞

在情愛生活中，紀曉嵐畢生的最大遺憾，是沒有和文鸞結合。他在七十五歲寫《灤陽續錄》回憶此事時，猶黯然神傷。

文鸞是紀曉嵐四嬸的一個婢女，他們第一次見面時，雙方只有十一歲那年，紀曉嵐跟隨四叔紀容瑞到滄州的水明樓玩，並趕四月十八日廟會。水明樓是紀家在滄州城一所莊院中的房子，位於運河邊的上河涯。這裡交通方便，風景秀麗，每逢夏天紀曉嵐的祖父紀天申和祖母張太夫人都來這裡避暑。紀曉嵐幼時曾來這裡玩過，但未看過這裡熱鬧非凡的社會，這次是纏著四叔來看廟會的。

舉辦廟會的這幾天，紀曉嵐跟四叔東逛西溜，看這看那，玩得很開心。這天他沒有跟隨四叔出去，卻見四叔領著一個小女孩過來。他以為是那家親戚的孩子，一問方知是新買的丫頭，叫做文鸞。

文鸞雖是貧寒人家打扮，但模樣長得挺俊。兩隻大眼又黑又亮，水靈靈的。身材勻稱，臉蛋白裡透紅，像朵綻開的海棠。紀曉嵐一見便覺得很親切，問這問那，說個沒完。

四嬸李氏看到這兩個孩子一見面就那麼親熱，便讓他們在一起玩。紀曉嵐這下看廟會的興趣全沒了。整天與文鸞在一起，不是在牆角裡挖蛐蛐兒，就是樹洞裡掏麻雀。文鸞似乎也忘記了主僕的界限和淒苦的身世，隨著紀曉嵐咯咯笑個不停。

這樣無拘無束、歡樂嬉戲的日子過了半個多月，紀曉嵐與四叔、四嬸、文鸞又一同回到崔爾莊。返家後，紀曉嵐依舊刻苦讀書，只是有一件不同，課餘之暇，跑四叔家的次數多了。紀曉嵐母親很高興，以為是與四叔切磋學問。四嬸心知肚明，心愛的侄兒是來找文鸞說笑的。他們兩人在一起，有時讀書，有時寫字，有時講故事，快活得像兩隻小鳥。可是好景不長，第二年，紀曉嵐父親紀容舒，卸去雲南桃安軍民府知府的職務，調往北京戶部任職。紀容舒怕荒廢紀曉嵐的學業，便把紀曉嵐帶往北京，自此紀曉嵐便與文鸞隔絕。

五年後，紀曉嵐方回到獻縣。他是回鄉參加童生考試的。這時紀曉嵐已十七歲，已長成一個英俊的青年。他回到崔爾莊，第一個拜見的長輩便是四叔紀容瑞。他心裡惦記著文鸞，不知文鸞如今是什麼模樣。

紀曉嵐來到門口，剛好文鸞從內面出來，兩人對視了一會，幾乎同時驚叫起來：

「文鸞！」

「昀少爺！」

兩人快步向前，貼近得呼吸聲都可聞到。這時文鸞已不再是小丫頭模樣，而是一個俊俏、輕盈、活潑可愛的少女。紀曉嵐望著她那輕盈的體態，俊俏的臉龐，滿臉的笑意，不覺怦然心動，這是他第一次在女人面前產生這樣的感覺。

四嬸明白侄兒的心意，讓他帶著文鸞回上河涯看望祖母。那裡的水明樓是他倆第一次見面和互相嬉戲的地方，舊地重游更增加了相互的依戀。

在樹蔭下，紀曉嵐拉著文鸞的手，深情地說：「你嫁給我吧，我們永不分開。」文鸞羞澀地點點頭。她早就盼望這句話，但她明白丫頭沒有做主子夫人的福份，只能作妾，但作妾她也願意侍候紀曉嵐一輩子。

紀曉嵐這年順利地考取了秀才，又娶了溫柔賢淑的馬氏作夫人，本想帶文鸞回北京，此時四嬸卻有另外的考慮。她見紀曉嵐有新娶的妻子，又有馬氏陪房丫頭倩梅為伴，如果再加上個如花似玉的文鸞，那紀曉嵐的功課將受影響。因此要他中舉以後再說。

豈料那年鄉試，紀曉嵐沒有考取，三年後，紀曉嵐二十四歲時方考取舉人。

中舉後，待紀曉嵐派人來接文鸞，回訊說文鸞已死。紀曉嵐得報，如五雷轟頂，痛苦得眼淚直流。原來文鸞見紀曉嵐回京，不能跟去，便已悶悶不樂。後傳出紀家欲納她為妾的消息，有人眼紅便刁唆她的父親，索價千兩銀子。一千兩銀子倒並不太多。但文鸞在紀家多年，紀家待她不薄，且納她作妾也是看得起的表示，而她父親卻趁機敲榨，四嬸心中不平，遂讓文鸞回家。回家後文鸞因思念和憂鬱，不久便得病死去。四嬸怕影響紀曉嵐的情緒，一直沒有告訴。一朵綻開的海棠就這樣來不及展示她的美，就凋謝了。

此後，文鸞之事，雖如雁過長空，影沉秋水，但文鸞的影子總難從紀曉嵐心底抹掉。二十多年後，紀曉嵐寫了一首咏秋海棠詩。他覺得是咏花，也是悼念文鸞，表現了他對文鸞的深沉懷念。詩曰——

憔悴幽花遽可憐，斜陽院落晚秋天；
詞人老大風情減，猶對殘花一悵然。

嘉慶三年，紀曉嵐年已七十六歲，將從嘉慶帝赴灤陽，行前假寐，忽夢一女飄然而至，凝立無語，視之，乃文鸞。醒後，唏噓不已。想派人在她的墓前再立碑石，以誌紀念。回報丘壠已平，沒於荒草，已無法辨識。

「呵——」對這段戀情，紀曉嵐只好留下深深的惆悵。

## 戲改古詩

十八歲的紀曉嵐結婚以後，曾有一段時間住在東光岳父馬周箓家，後攜眷至北京，住在父親紀容舒為他新買的一座院落裡，刻苦攻讀，準備參加鄉試。

這時的紀曉嵐已是一副少年才子的開派，與劉墉等京中一幫年少學優的宦家子弟往來，經常在一起談詩論文，研討經史。他的辯才，他的博學，他的敏捷，常使同伴大為嘆服。

有一天，吳惠叔戲謔地說：

「紀年兄，你常云古詩有『病』，何不把杜牧《清明》詩改削一番。」

杜牧《清明》詩，即流傳極廣的「清明時節雨紛紛，路上行人欲斷魂，借問酒家何處有？牧童遙指杏花村。」四句，係千古絕唱，怎能隨意可以改削，吳惠叔是打趣的。

孰料紀曉嵐倒挺認真的樣子，煞有介事地說道：

「此詩當然有『病』、『病』在『上浮』，宜削其上。首句『清明』二字可刪。下雨不一定在清明，清明不一定下雨，這句就成了空話。次句可刪『路上』二字。哪個行人不在『路上』行走，沒有必要點明。三句『借問』二字也是多餘。借問要有人，沒有人怎麼辦。刪去『借問』，自有問意在內，末句『牧童』二字更為不妥。凡路上行人皆可詢問，如樵夫、漁夫、村姑，豈有專撿牧童問路之理。經過這樣刪削，豈不更精煉了嗎？」

大家聽了他這番宏論，哈哈大笑起來，按照他刪改後的詩，《清明》詩成了：「時節雨紛紛，行人欲斷魂，酒家何處有？遙指杏花村。」與原詩意趣大不一樣。大家發笑，笑他的巧辯，倒不在於他的詩論是對是錯。

吳惠叔又問道：

「按照仁兄的高論，此詩還可刪成三字句，改成『雨紛紛，欲斷魂，酒何處？杏花村。』豈不更好！」

紀曉嵐狡黠地眨眨眼，說道：

「正是，只是吳兄還太保守了，豈只三字句，兩字句即可。你看『雨紛，斷魂，何處，杏村。』這不是一個畫面嗎？」

大家覺得越辯越離題了，於是又轟然大笑起來。笑後大家又感到，紀曉嵐的諧謔從某一角度看，也並非全無道理。

在笑聲中，吳惠叔又繼續與紀曉嵐詰難。

吳惠叔道：

「杜甫有《四喜詩》：『久旱逢甘霖，他鄉遇故知；洞房花燭夜，金榜題名時。』這樣的佳作可有挑剔之處？」

紀曉嵐道：

「有，只是與《清明》詩相反，它『病』在上虛，宜增補。可改成『十年久旱逢甘霖，萬里他鄉遇故知，和尚洞房花燭夜，監生金榜題名時。』」

他的話音剛落，大家又笑作一團。紀曉嵐深恐大家不明白，又笑嘻嘻地加以解釋：

「久旱十年，旱情就更嚴重。離家萬里比離家百里更為想家，和尚不准娶妻，能成婚配豈不更喜！監生功名是用錢買來的，能早日題名那有不更高興的道理。」

紀曉嵐說的似乎句句有理。但句句都是在打趣，他曲解詩文，尋求樂趣。

吳惠叔見沒有難倒他，還不甘心，又發難道：

「有『四喜』必有『四失』，那『四失』又是什麼？」

紀曉嵐看到吳惠叔緊追不捨，又振振有詞地答道：

「莊子云『人之生也，與憂俱生』，有喜必有失，有失必有喜，喜與失並存。只是有人於此，更集中罷了。」

「承受集中的又是誰呢？」

吳惠叔絲毫不放鬆。

紀曉嵐道：

「『寡婦攜兒泣，將軍遭敵擒，失恩宮主面，落第舉人心』，這四者你看如何呢？」

這四者當然悲之極矣。

紀曉嵐的答話，大家無不贊成。

## 科場上的喜與憂

紀曉嵐在科場上的最大得意，是在乾隆十二年（一七四七年）應順天府鄉試，以第一名解元奪魁。這年他二十四歲。喜訊傳來，他的家人、親戚和朋友，著實為他高興了一陣。

這次考試以「儷語冠場」高中解元的文章題目是：「擬乾隆十一年上召宗室廷臣，分日賜宴，瀛台賦詩，賞花釣魚，賜賚有差，眾臣謝表。」這是要求寫假設中盛大宴會的宏偉場面。紀曉嵐以嫻熟的八股文技巧和巨大才氣博得了考官的賞識。

他的文章開頭即不同凡響：

伏以皇慈霧洽，雅葉夫酒醴笙簧；聖渥天浮，道契夫賡歌颺拜。……集公姓公族以式燕，玉牒生光；合大臣小臣以分榮，冰銜動色。櫺槎八月，真同海客之游，廣樂九成，似返鈞天之夢；屏藩有慶，簪組騰歡，……竊維世道升平，著太和於有象，朝運清暇，敷愷樂以無疆……

這段開場白點明了宴會的由來，和參加者的不同尋常，真有王勃《滕王閣序》「童子何知，躬逢勝餞」的氣派。以下緊接著寫歌酒奏樂的盛況：

青龍布席，白虎執壺，四溟作杯，五岳為豆。琳琅法曲，舜韶奏而鳳凰儀；渾穆元音，軒樂張而鳥獸駭。紅牙碧管，飛逸韻以千雲；雨衣霓裳，驚仙游之入月，莫不神飛色舞，共酌大和。感覺心曠神怡，同餐元氣……

這情景闊大豪邁，氣象萬千。

再看下寫瀛台賦詩，更覺詞藻華麗，五彩繽紛：

天章首煥，落一串之驪珠；御筆高標，扛百斛之龍鼎。葛天浩唱，不推義繩以前，叢云奥詞，漫道媧簧而後。因之八成七字，仿漢事以聯吟；人賦五言，分唐詩而探韻。宮鳴商應。俱協和聲，壁合璋分，細裁麗製。歌葉八拍，盈廷依紀縵之華；頌出九如，聯袂上岡陵之祝。

寫賞花、釣魚的情景，亦覺生動逼真，引人入勝：

舟浮太液，驚黃鵠以翻飛；帳啟昆明，凌石鯨而問渡。指天河之牛女，路接銀潢；塞秋水之芙容，域開香國。尋芳曲徑，惹花氣於露中；垂釣青波，起潛鱗於荷下。檀林瑤草，似開金谷之郁芬；桂餌翠綸，喜看銀盤之撥刺……

讀到這裡，文章如果繼續描述假設的場景、人物的情節，那就如漢代的大賦那樣，給人一種鋪彩摛文的浮華印象。文章妙就妙在最後以畫龍點睛之筆，把「燕笑」、「賞花」、「垂釣」，一一落實在社會思考上，讓人垂戒和警策，這樣品味就大大提高了。

請看這文章的最後幾句：

觀九族之燕笑，則思自親睦以對平章，顧千官之肅雍，則思正朝廷以及邦國。賞花而念貢花之非禮，勿信其小忠，垂餌而知貪餌之不情，務察其大偽。供來芬饌，莫忘東作之耕人；捧出霜綃，當厘西江之浣女，樂諧韻準，致戒夫琴瑟之專；詩被管弦，務親夫風雅之正……

可以說，這文章確是匠心獨運，別有洞天的。

發現這篇文章的是主考官劉統勛。劉統勛係雍正年間進士，乾隆元年擢為內閣學士，後成為乾隆中期的股肱大臣，這次與阿克敏受命主持順天鄉試。他是紀曉嵐的朋友劉墉的父親，後來紀曉嵐在仕宦途中受他教誨和影響很大。

紀曉嵐的中舉，確實揚眉吐氣了一陣。只是紀曉嵐在科場上並非次次那麼如意。

乾隆五年，考取秀才，當時正值十七歲。這已並非早成的表現。在那個時代，十三、四歲和十五、六歲考取秀才者大有人在。大概是紀曉嵐早年雜學旁搜、博古通今，對八股文不太重視之故。

二十一歲由京城父母那裡，返鄉參加科考，成績優秀。原想在本年鄉試一舉奪魁，豈料張榜後又名落孫山。這給年輕的紀曉嵐一個重大的打擊，他萬萬沒有料到，自己才華橫溢，會遭此厄運。閱卷官看不中他所作文章的「破題」，把試卷置於劣等。從此，他刻苦攻讀，廣泛經史，研討詩文，終於才在順天鄉試時一舉奪魁。

紀曉嵐中舉後，應禮部會試又並不那麼順利。按規定，本來可在三年後，亦即乾隆十五年（一七五〇年）參加庚午科會試。恰好在應考之前，生母張氏逝世。遵從禮制，需回家守制三年，結果失去早三年得中進士的機會。

三年後（一七五四年），紀曉嵐三十一歲，參加甲戌科會試，始得中進士。原期望得中一甲前三名（狀元、榜眼、探花），結果只取中二甲第一名進士，這又使他覺得美中不足。

明清時代的科考成敗如何，與兩種因素有關。一是策論和八股文的功夫，二是機遇。如果滿有文才而八股文不爐火純青，那很難錄取。八股文功夫到家，有時遇上胡塗考官，那也要倒楣。不少文人士子不是在這方面、就是在那方面碰壁而回，紀曉嵐還算幸運，遇到劉統勛這樣正直而精明的考官，又終於在三十一歲中進士，踏上了仕宦的階梯。

## 題富翁畫

紀曉嵐故鄉河間，有一暴發戶，行為不端，卻又附庸風雅，請人作了一幅畫，慕紀曉嵐文名，托人請紀品題。

紀曉嵐素惡此人的品行，不願交往，但又不好公開拒絕。他仔細端詳眼前的畫幅。只見畫中有蒼松一株，旁有小樓一座，在月影婆娑中，窗戶洞開，內有男女二人小酌。他突然靈機一動，題道——

老桠一株樹，
婆娑月影中。
偷閒一夜話，
人在廣寒中。

題詩完全符合畫意，富翁高興萬分，忙把它懸掛在客廳，洋洋自得。

富翁朋友中，也有略識文墨的。

有一客人反覆吟誦這四句題辭，突然失聲大叫：「不妙，不妙，紀昀暗藏機關。」

富翁忙問何故，客人道：

「你看，這四句詩，每句頭一個字合起來是『老婆偷人』四字，紀昀在罵你。」

富翁大驚，惱羞成怒，大罵紀曉嵐無禮，但又奈何紀曉嵐不得，只好摘下這幅畫。

## 不喜食鴨

清代有名的文人中，大詞人朱彝尊喜歡吃鴨肉，成為文壇佳話。紀曉嵐卻恰恰相反，絕對不吃鴨肉，縱使名廚烹調，也從不下筷。他喜吃瓜果、精肉和茶，有二、三斤精肉加上茶水，便是一頓美餐。

對鴨肉，他總覺得腥穢難以下咽。有一次參加朋友的宴會，朋友不知道他這一習慣，把一塊鴨肉和一塊瘦肉，夾進他的盤子裡，他因說話沒有注意，又是近視眼，沒有看得真切。鴨肉吃下去，立即大吐。自此，他在宴會上特別小心。

三十一歲中進士後，入翰林院任庶吉士。按照當時規定，要在翰林院學習三年，期滿考試優等，原為二甲進士者方能授編修。在這期間，他與文友董曲江、劉師退等人來往密切，又常到座師劉統勛、介野園、孫端人等前輩府上行走，聆聽教誨。

狎妓侑酒，是當時文人的風尚。一次宴會中，孫端人、董曲江、劉師退等人都在座，又端上了一道北京名菜——掛爐烤鴨，大家舉起筷子，把話題轉向了他。

「賢契，鴨肉味美，為何不吃？」孫端人非常善飲乾了一杯，嚼著鴨肉，樂呵呵地說。

「怕身上長鴨毛吧？」董曲江說。

大家你一言、我一語，拿紀曉嵐取笑。紀曉嵐只是笑而不答。他說不清為什麼對鴨子討厭，他只覺得自從聽了那個故事以後，更加不敢吃鴨肉。

那是一個怪異故事——他住在河間府東光城岳丈家期間，聽人說，一天深夜，人們被狗的狂吠聲驚醒。起身察看，在朦朧的月光中，只見一家屋頂上，站著一個身著蓑衣麻帶，披頭散髮的人，手中挽著一個大布袋，內面發出許多鴨子的叫聲。

那人沿著屋頂，由東家竄到西家，每家丟下幾隻鴨子。第二天，那些得到鴨子的人家，有的貪吃，就把牠宰了。結果那吃了鴨子的人家，那一年就死了人。這時，大家才明白，那送鴨子的是一個凶神。

這個故事，在紀曉嵐腦海印象很深，自此便更加討厭鴨子。他把這個故事一五一十地講給正在吃鴨肉的孫端人、董曲江等聽。

董曲江正噙著一塊鴨肉在口裡，忙說：

「照你這樣說，口裡這塊鴨肉我也不敢吃了。」

「那是迷信，」孫端人說，「是紀昀杜撰出來嚇唬你們的。」

儘管如此，大家吃鴨肉的興致還是減了下來。劉師退提議就吃鴨肉之事，讓紀曉嵐作一首詩，以補償掃吃鴨肉的興致。

紀曉嵐笑著答應，沉思片刻，吟道——

靈均滋芳草，乃不及梅樹。
海棠傾國姿，杜陵不一賦。
馨香良所懷，棄取各有故。
嗜好聯性情，微渺孰能喻。
愛憎係所遭，今古寧驀驁。
嘆息翰墨場，文章異知遇。

這就是在紀曉嵐詩集中題為《解嘲》的詩。前四句把鴨子比成梅花、海棠，後幾句說，儘管如此，還是各有所愛，喜歡的還是喜歡，不喜歡的還是不喜歡。前面句中的靈均指屈原，靈均是屈原的字，他歌詠過許多奇花異草，唯獨沒有寫過梅花。杜陵指唐代詩人杜甫，他曾自稱少陵野者。杜甫曾為百花賦詩，唯獨沒有歌詠海棠。紀曉嵐以這兩件事作為盾牌，來為自己不吃鴨肉開脫。回答得很巧妙。

孫端人哈哈大笑：

「虧你想得出，為不吃鴨肉還找到了根據。鴨子比成梅花、海棠，那牠也太榮幸了。」

「學生只是隨便取意而已。」紀曉嵐說。

大家嘻笑了一番，方興盡而散。

紀曉嵐不食鴨，可算是他習性中的一大怪事。

## 見機吟哦

紀曉嵐中進士後入翰林院，最初任庶吉士，這是翰林院的最低官職，三年後考核合格，成績優異，始可升編修或檢討。編修任內，人孚眾望，方可出任鄉試主考官或同考官，以及提督學政之類的職務。

紀曉嵐雖然官小年輕，可是文名却不斷擴大。入翰林院的那年春節，乾隆要元宵觀燈，詔令文武大臣廣製燈迷，擇優行賞。紀曉嵐在宮中也掛出了一副謎聯，謎聯是：

黑不是，白不是，紅黃更不是；和狐狼貓狗彷佛，既非家畜，又非野獸。
詩也有，詞也有，論語上也有；對東南西北模糊，雖是短品，也是妙文。

聯上注明上下聯各射一字。這副謎聯很奇特。它不是利用漢字的拆合法，而是寓意法，文武百官都猜不出。乾隆一時也未猜到。便問是誰寫的，侍臣回答是紀曉嵐。便派人詢問紀曉嵐，紀曉嵐回答是「猜、謎」二字。乾隆細細品味，覺得確是如此，紀曉嵐的座師，其時任刑部尚書的劉統勳，趁機誇獎自己的門生。自此，紀曉嵐在乾隆心目中留下深刻印象，經常被召入宮。

乾隆有意考核這個年輕俊才。一日把他召進宮中，乾隆在殿外，恰好天空中有隻白鶴飛過，乾隆指著飛過的白鶴說道：

「以白鶴為題吟首詩給朕聽。」「遵旨。」紀曉嵐說。隨即張口吟道——

萬里長空一鶴飛，
朱沙為頂雪為衣。

這兩句是從白鶴之白落筆的。紀曉嵐正要吟下去，乾隆插話道：「那不是白鶴，而是一隻黑鶴。」乾隆指著飛去很遠的白鶴說。他故意改變所咏的對象。看吟詩者如何續吟下去。

紀曉嵐看著遠去的白鶴，在暮色中確是成了一個小小的黑點。知道乾隆有意試才，於是趕快改口，續吟道：

只因覓食歸來晚，
誤入羲之蓄墨池。

這下兩方面的現象都照顧到了，而所咏對象仍是一個。乾隆聽了十分高興。

又有一次，乾隆正在賞花，紀曉嵐恰好入宮奏事。乾隆別的事暫不問他，却指著那些鷄冠花說：「以此為題，作首詩如何？」說完望著他神秘兮兮地笑。

紀曉嵐略一思索，吟道：

鷄冠本是胭脂染，
體態婀娜面紅光。

這是就紅鷄冠花而言的。再吟下去當然還是這分意思的發揮。這時乾隆從背後拿出一朵白鷄冠花來，笑著說：「你說錯了，這是白的啊！」

紀曉嵐意識到又遇到上次同樣的麻煩，於是立即改口說：

只因五更貪早起，
染得滿頭盡白霜。

紀曉嵐迅速地改變所咏物的背景，以便改變它的顏色。乾隆不由得連連稱是，嘆服這個年輕人才思快捷。

再有一次，乾隆要他題寫扇面，把唐代王之渙有名的《涼州詞》寫上去。《涼州詞》原詩是：

黃河遠上白雲間，一片孤城萬仞山。
羌笛何須怨楊柳，春風不度玉門關。

倉促中，紀曉嵐不慎把「黃河遠上白雲間」的「間」字漏掉了。乾隆一看，知道是匆促中出錯。但他故意把臉一沈，說：「大膽紀昀，怎敢欺君！」

紀曉嵐把乾隆丟回的扇子一看，方知漏寫了一個字。他估計乾隆發怒，未必是真，可能又是考考自己，於是說道：「啟稟聖上，這不是詩，而是詞。」

「此話怎講？」乾隆覺得奇怪。

「讓微臣吟誦給聖上聽。」接著紀曉嵐吟誦出來的句子是：

黃河遠上，白雲一片，孤城萬仞山。
羌笛何須怨，楊柳春風不度玉門關。

經紀曉嵐這一重新斷句，《涼州詞》果然由詩變成了詞，而且意思完全未變。這是一種大膽的改寫，也是一種應變的機巧。

乾隆聽後，哈哈大笑，連說：「卿真機敏。」

紀曉嵐心中暗笑，你還有什麼花樣呢？

## 出人意外的壽辭

紀曉嵐擔任翰林院編修，已是文名大噪。因他才思敏捷，幽默滑稽，凡屬吟詩屬對之事，同僚都愛讓他出頭，看看他的才智。

這天，王翰林母親七十大壽，家中張燈結彩，冠蓋雲集，熱鬧非凡。紀曉嵐與幾個同僚前往祝賀，王翰林見是紀曉嵐等人，特別客氣。他雖然與紀曉嵐交往不多，但知道他是皇上的紅人，又是妙語驚人，才氣不凡，待賓客到齊後，特請紀曉嵐撰寫祝辭。

按當時的習慣，為宦家門第的老壽星撰寫祝辭人，不是官高位顯，就是飲譽文壇。這時的紀曉嵐僅僅三十多歲，官職也只是個編修，主人王翰林請他祝辭，這已是特別看得起他。紀曉嵐却絲毫沒有推辭，連說：「謹遵台命。」

紀曉嵐提起筆，望了一眼在坐的賓客，寫下了第一句話：

　　這個婆娘不是人，

此語一出，四座皆驚。與他同來的朋友看到紀曉嵐的舉動，知道他要開玩笑，但在這喜慶而又嚴肅的場合，如此出言，大家都沒有料到。王翰林更是驚得手足無措，坐在堂上的老夫人，滿是皺紋的臉上結了一層寒霜，怒火正要發作。這時紀曉嵐不慌不忙寫下了第二句：

九天仙女下凡塵。

筆調輕輕一轉，語意全變。大家轟然一聲，笑了起來，正要發作的老夫人也轉怒為喜，王翰林樂得直拍手，正在大家開懷的時候，紀曉嵐寫下第三句：

生個兒子去做賊，

這下又把大家弄糊塗了，不知紀曉嵐到底要說什麼，氣氛頓時緊張起來。那老夫人和王翰林眼睛直瞪瞪地望著紀曉嵐，似乎要看透他。紀曉嵐也不說話，直待大家胡亂猜測的時候，他才寫下了第四句：

偷得蟠桃壽母親。

這下大家方才明白，紀曉嵐利用事物因時因地因條件的變化而變化的原則，把語意不佳的詩句，通過下一句的意思，把它挽救和撥正，使上句不僅不是惡意，相反倒是好事。這四句中，一、三句是貶，二、四是褒，在褒的當中，即改變了一、三句的貶意，使之語意跌宕，出人意外。於是眾賓客都歡呼起來：

「高才，高才。」

老夫人和王翰林也滿意地笑了。

其實，紀曉嵐寫的這四句話，並非什麼上乘之作，它的意義太單薄。紀曉嵐這樣作，只是顯示他的幽默和機智，以博大家一笑而已。

歷史上不少文人也有過類似的戲謔。據《葵軒瑣記》記載，明代風流才子唐伯虎，當住在他對面的富翁母親七十壽誕，向他求詩時，也曾寫下這樣四句話：

對門老婦不是人，好是南山觀世音。
兩個兒子都是賊，偷得蟠桃獻母親。

唐伯虎恃才傲物，瀟灑風流，開這樣的玩笑是可能的。

紀曉嵐的四句，與唐伯虎的四句話如出一轍，但第二句不同，意義更為合理。紀曉嵐廣讀詩書，不管他是借用還是獨創，都說明他機敏靈活。

## 馬神廟猜聯

紀曉嵐選入翰林院的第三個年頭，官職雖然仍是翰林院最低層的庶吉士，但他已成為侍從皇帝左右的近臣。他的睿智和幽默，博得了乾隆皇帝的讚賞。乾隆離不開他，隔一段時間又把他召進宮中閒話。

這年夏天，乾隆到熱河行宮避暑，除帶上文武大臣外，紀曉嵐也在其列。大隊人馬從北京出發，浩浩蕩蕩。來到牛欄山地面，這種山嶺環抱，奇峰迭起，山色青翠，景色宜人。大臣們都駐馬觀望，欣賞這眼前的景色。

放眼望去，山路的一側，離路口幾十丈遠的地方有一座馬神廟。廟宇外牆剝落。顯得破敗，但卻香煙繚繞，鐘鳴不斷。在這眾山環繞之中有此一景，宛然置身仙境。大家的目光，都不由得集中到這座廟宇身上。

廟門一啟一閉，閉上的那扇大門，可以清楚看到一句門聯，聯云：「左手牽來千里馬」眾大臣旅途寂寞，見有此景色和聯語不覺來了興頭，其中有一人道：

「這下聯該是何語，諸位何不猜猜。」

「請紀大人先說吧！」大家笑著把紀曉嵐推到前頭。

說到屬對，紀曉嵐素不示弱。

他見這山間神廟，年代久遠，門聯當非一般，遂堅定地說：

「下聯當是『前身終是九方皋』。」

有人問：「你敢斷定。」

紀曉嵐道：「非此莫屬。」

眾人中有贊成的，也有持懷疑態度的，但贊成者多。

之後，大家興致盎然地走到廟前驗看。豈料另一扇門上寫著的聯語，根本不是這樣的句子，而是另外一句：「右手牽來千里駒」

這下聯那裡是對句，只是按照上聯的意思換了一下方位而已，七個字當中有五個字與上聯相同的，這根本不合對聯的規格。大家又好氣又好笑。紀曉嵐更是臉色陰沉，他沒有料到是這樣的結局。是啊！哪有那麼白目的對子！

此事對紀曉嵐觸動很深。他覺得世間事複雜紛紜，出人意料者不少。過於自信，難免不失體面。此後他說話便小心謹慎起來。

## 贈詩韻

二十五歲的新科翰林王熙平，大登科後小登科，娶一位侍郎的女兒作夫人。大體之日，賀客盈門，禮品無數。獨紀曉嵐的禮品與眾不同，非綢非緞，而是一部詩韻，共四冊，分題「之子于歸」四字。

眾賓客不知道紀曉嵐什麼用意，查看「之子于歸」四字，只不過是女子出嫁之意，語本《詩·周南·桃夭》。新郎王熙平知道這位大才子愛開玩笑，也把詩韻翻過來覆過去仔細琢磨，始終打不開這個悶葫蘆。

新娘子出身書香門第，精通翰墨，見新郎作難，也來幫忙解開這個啞謎。但細看之後，也如墜五里霧中，猜不透紀曉嵐的用意。

婚後三天，王熙平按捺不住解開啞謎的衝動，求見紀曉嵐，鄭重其事地說：

「昨蒙寵賜，四冊詩韻，不知是何命意？」

「沒有別的，」紀曉嵐笑著說，「詩韻者，平上去入，平平仄仄平而已。你倆結婚，不應是平上去入麼。」他念到「平」字的時候，停頓了一下，又加重「入」子的語氣，平上去入變成平——上去入（日）。

王熙平終究是聰明人，他想起自己的名字最後一個字是「平」字，再回想與新娘進行房事的情景，可不是正應了這詩韻。會意之後，不覺大笑，稱謝而去。

## 嘲太監

紀曉嵐在南書房當值，經常與太監打交道。太監總管聽說紀曉嵐文才過人，幽默有趣，從紀的衣著打扮，出一聯道：

小翰林，穿冬衣，持夏扇，一部春秋曾讀否？

紀曉嵐聽老總管這樣說，瞧瞧自己身著皮袍，手拿折扇，確是有點滑稽。手拿折扇，本來是當時文人以示風雅的習慣，但在冬天卻有些不合時宜。老總管借此機會，把春夏秋冬四字都嵌入聯中，看來隨口說出，內中卻含機巧。紀曉嵐一琢磨，覺得老總管肚裡頗有墨水，今日不難倒他，他還會小看自己。

老總管說話操南方口音，紀曉嵐於是回敬道：

老總管，生南方，來北地，那個東西還在麼？

紀曉嵐把東西南北四個方位詞嵌進去，而且利用「東西」二字，暗寓總管已屬閹割，這也是從其本身特徵出發，與出聯剛好相對。

老總管沒有想到紀曉嵐如此厲害，窘得說不出話，只好悻悻然離開。南書房裡的人，個個笑得前仰後合。

從此，那些太監更喜歡與他屬對說笑。

一天，有兩個太監攔住紀曉嵐：

「紀大人慢行，適有一聯，請公屬對。」

紀曉嵐當時正要到皇上跟前奏事，被太監纏住，心裡很急，便說：

「快說吧！」

「榜上三元解、會、狀。」

紀曉嵐立即不假思索地回道：

「人間四季夏、冬、秋。」

「怎麼沒有春呢？」太監不解地問：

「為何沒有春，你們心裡最明白。」紀曉嵐笑著向兩個太監擠擠眼。

太監已被閹割，自然無春情可言，紀曉嵐故意不用「春」字，借此打趣他們。兩個太監明白過來，笑著走了。

又有一次，幾個小太監攔住紀曉嵐叫他說笑話，那天紀曉嵐正忙無暇說笑，就說：

「沒有笑話。」

「你不說，不讓你走。」那幾個小太監撒賴。

「那好，我答應。」紀曉嵐說，「從前有一個人——」說到這裡停下不說了

小太監正想聽他說下去，見他不說了，就說：

「剛開頭，下邊還有呢？」

「下邊沒有了。」紀曉嵐笑著說。

「下邊怎麼沒有了？」小太監不解地問。

「下邊就是沒有了，你們自己摸摸……」紀曉嵐說罷轉身就走。
「呵——」小太監突然醒悟過來。笑著追他，紀曉嵐已經走遠了。

## 撥房詩戲

自雍正七年開始，清代科考，會試有「撥房」的規定。

所謂撥房，即把某分校官名下夠錄取標準的多餘試卷，調撥到佳卷不夠錄取數的另一分校官名下。因為清代科考，鄉試、會試均採用分房閱卷，各房限定錄取名額。而試卷分配，因事先情況不明，分卷良莠不齊，各房有的佳卷多，有的佳卷少，有的錄滿後尚有優秀試卷錄取不了，有的則不夠錄取數，因此加以調整。

這種撥房，本是為國家充分錄用人材，並不是為試官取門生。但在當時有一個不成文的規矩，誰屬某分校官錄取，誰就是他的門生，因此各分校官很重視取錄。

各房調撥試卷，有富餘佳卷一房，分校官眼看著把優秀試卷取走，自有一種肥水外流之感，而接受佳卷一房的分校官，又有低人一等的心理。這樣，相互之間，有一種微妙關係。這一制度，在剛實行時倒也沒有什麼，如雍正十一年癸丑會試，曉嵐父親的同年楊農先，則受撥十分之七。楊並不介意，並說：「諸卷實勝我房卷，不敢心存畛域，使黑白倒置也。」

但到乾隆七年壬戌會試，磨擦逐漸出現。諸襄七堅不受撥，一房僅中七卷，總裁亦無可奈何。紀曉嵐生性曠達，從不計較這些。他看到有些人面紅耳赤地爭執，覺得有趣，有時故意拿來開玩笑。

乾隆廿五年庚辰會試，紀曉嵐與錢籜石、朱石君、顧晴沙等充任分校官。錢籜石善畫，用藍筆畫一牡丹，分送各分校官。這下惹起大家的詩興。恰好當時顧晴沙撥出的試卷最多，而朱石君受撥的試卷最多，紀曉嵐見此，借機打趣。在顧晴沙的畫上題詩道——

深澆春水細培沙，養出人間富貴花。
好似艷陽三四月，餘香風送到人家。

他借吟詠牡丹，旁敲側擊，說撥出者白白辛苦了一番，好處讓別人得了。這話對受撥者來說，很不受用的。在旁的另一分校官邊秋岩，見紀曉嵐取笑，也湊上一首——

一番好雨淨塵沙，春色全歸上苑花。
此是沈香亭畔種，莫教移到野人家。

這話越說越不客氣，把受撥者比成「野人家」。

朱石君老練寬厚，見他們打趣，也不生氣。

紀曉嵐見朱石君不動聲色，意猶未了，又在朱石君的畫上題道——

乞得仙園花幾莖，嫣紅姹紫不知名。
何須問是誰家種，到手相看便有情。

這話就更刻薄，說朱石君不分青紅皂白，只要有試卷撥入，便很高興。這時，朱石君有些沉不住氣，遂和詩一首，進行反駁——

春風春雨剩枯莖，傾國何曾一問名。
心似維摩老居士，天花來去不聯情。

朱把轉來的試卷說成「枯莖」，並說即使最優秀的試卷，也不打聽姓名，他像虔誠的佛教徒，縱使天花飄落也不動心。意思是試卷撥多撥少，是好是壞，我無所謂。對紀曉嵐的嘲笑予以回擊。

張鏡壑當時也充任分校官，見紀與朱打筆墨仗，也來湊趣，和詩兩首——

墨搗青泥硯浣沙，濃藍寫出洛陽花。

云何不著胭脂染，擬把因緣問畫家。
黛為花片翠為莖，歐譜知君第幾名。
卻怪玉盤承露冷，香山居士太關情。

這兩首詩雍容大度，不單獨嘲謔某一方，而是各打五十大板。第一首詩說，撥出卷一方為何不能好上加好呢？這是制度規定的，你要尋問原因，你去問吧。第二首詩說，撥出試卷，排名多少，係由事實定，受卷者為何表現冷落，第三者又何須那樣關心呢？這裡，既笑話朱石君，又打趣紀曉嵐，只是說得溫和一些。

錢籜石、朱石君、顧晴沙、紀曉嵐等原都是翰林院的官員。錢籜石任過禮部侍郎，朱石君即朱珪，後擔任體仁閣大學士，是具有宰相銜的人物。他們都是多年密友，彼此調笑，互不介意。但當時任會試總裁的蔣文恪還是有些緊張，勸告他們謹慎：

「諸公跌宕風流，自是佳話。然古人嫌隙，多起於詼諧，少取笑為妙。」

當時紀曉嵐正年輕，錢、邊、張等都是他的前輩，聽了語話不以為然。後到晚年寫《閱微草堂筆記》，回憶往事才感到這是老成之言，有遠見，感慨地說：

「少年綺語，後來英俊勿效！」

第二章

# 機智百出，幽默行事

## 誠交戴震

紀曉嵐初入翰林，年輕氣盛，才華橫溢，與之結交的朋友很多，戴震也是其中之一。

戴震，字東原，號果溪，今安徽省屯溪市人。他是清代的漢學大師，又是卓有影響的思想家和史學家，他對宋以來理學家的批評，對後世有很大影響。他比紀曉嵐年長一歲，出身寒微，十六、七歲時即精研注疏，與同鄉鄭牧、汪肇龍、程瑤田等，從師著名學者江永。他學識廣博，天文，地理、曆算、經史、音韻、文字，樣樣精通。可是在科場上卻不得意，二十八歲方補諸生，四十歲才中舉，未中進士，五十一歲任四庫全書纂修官，兩年後才得賜同進士出身。不久就病死了。

戴震在取得秀才資格後，因避仇隙，便來到北京，當時生活困難，靠朋友接濟。錢大昕、盧文昌把他引薦給紀曉嵐。紀曉嵐早已聽說戴震博學多才，今得知他流落京師，非常惋惜。當即延請他作家庭師，教導汝佶、汝傳兩個孩子。戴震對紀曉嵐初次見面便如此垂青，非常感激。

錢大昕、盧文昭與紀曉嵐為同榜進士，無話不說，而戴震與錢、盧又是朋友，所以四人在一起都很隨意。在談完事務之後，盧文昭便提議作對聯。戴震是遠客，先由他出上聯。

戴震謙遜了一番，便吟道：

太極兩儀生四象

這一聯吟出，紀曉嵐覺得戴震確是博學。此聯繫套用《易．系辭上》「易有太極，是生兩儀，兩儀生四象，四象生八卦」的句子。太極即指派萬事萬物的本原，按照古人對宇宙的解釋，輕清者上浮則為天，混濁者下沉則為地。天地便是「兩儀」。四象謂春、夏、秋、冬四季。這短短的一句話，概括了太極生天地，天地上陰陽，陰陽相互作用而生萬事萬物的廣泛內涵，沒有豐富的天文、地理知識是想像不出來的。

紀曉嵐望望錢大昕與盧文昭，他們兩人也正在思索。紀曉嵐催促道：

「你們二位快吟出下聯呀。」

盧文昭笑道：

「你是主人，我們怎敢爭先。」

紀曉嵐遂吟道：

這話是一句俗話，也是一句詩。作為詩它出自蘇東坡的《春宵》，蘇的全詩是：「春宵一刻值千金，花有清香月有陰。歌管樓台聲細細，鞦韆院落夜沉沉。」作為詩句應對上聯，顯得貼情貼景，回味無窮，工巧而又自然。

紀、戴二人自此便結成莫逆之交。貧寒的戴震在紀曉嵐、錢大昕、盧文昭、朱筠、王鳴等人的支持和幫助下，學問日進，終成一代宗師。為幫助戴的著作行世，紀曉嵐出資替他刊行《考工紀圖》，又與他切磋《聲韻考》中的諸多問題。乾隆三十八年，四庫全書館開館，紀曉嵐任總纂官。戴震被任命為掌管經部的分纂官，直至逝世。

戴震的死，紀曉嵐非常悲痛。事隔多年，談起此事，他還黯然神傷。寫下兩首絕句給戴的門人王懷祖給事，詩云——

披肝露膽兩無疑，情話分明憶舊時，
宦海浮沉頭欲白，更無人似此公痴。

六經訓詁倩誰明，偶展遺書百感生。
揮麈清談王輔嗣，似聞頗簿鄭康成。

詩作對戴的為人和學術上的成就，表現了深深的懷念。

當太史余存吾將寫好的《戴東原事略》寄給紀曉嵐，紀曉嵐又對其所列著作出現的錯誤細細加以指出。

紀曉嵐與戴震切磋學問，多數觀點一致。惟對《聲韻考》一書某些觀點看法不一。戴震未從其說，即便刊出，在《事略》中亦照戴說加以評介。紀曉嵐覺得戴說有明顯偏見，不能不加以糾正。他在《與余存吾太史書》中說：

> 東原研究古義，務求精核，於諸家無所偏主，其堅持成見者，則在不使外國之學勝中國，不使後人之學勝古人。故於等韻之學，以孫炎反切為鼻祖，而排斥神珙反紐為元和以後之說。夫神珙為元和中人，固無疑義，然《隋書・經籍志》明戴梵書以十四字貫一切音，漢明帝時與佛經同入中國，實在孫炎以前百餘年。且志為唐人所撰，遠有端緒，非宋以後臆揣者。比安得以等韻之學歸諸神珙，反謂為孫炎之末派旁支哉！

這看出他對朋友和學術觀點的認真態度。不僅如此，紀曉嵐還覺得，為維護朋友的學術聲譽，有必要規過而改正。他在這封信的結尾說：

昀於東原交不薄，嘗自恨當時不能與力爭，失朋友規過之義。故今日特希腹心於左右，祈刊改此條，勿彰其短，以盡平生相與之情。

他的這種對朋友高度盡責精神和誠摯的感情，多麼令人感動，相信戴震在泉下有知也會感激的！

## 誇北地

乾隆時代，江南經濟發達，文化繁榮，文人名士多出自南方，無形中形成一種偏見，認為北方人不如南方人。北方人到南方做官，往往受到輕視。

紀曉嵐督學福建，剛上任的那一年只有三十九歲，又是北方人。這樣一個年輕北方籍學政，讓他主持福建全省府、州、縣的科考，福建的文士哪會樂意。他們以為這個北方佬肚中無才，只會耽誤福建文人士子的前途。

紀曉嵐到任的第一天，侍從人員就向他稟告，有人說他只讀過《三字經》、《百家姓》之類的東西，不配在這裡當學政。紀曉嵐明白這是亮出的一個訊號，他想，看來不露一手給他們看，不足以扭轉他們的偏見。

在福州試院的論才大典之後，有人在他的寓所目口貼出了一副上聯，上寫：

我南方，多山多水多才子

這意思很明顯，北方佬，哪有我們南方人才高。

紀曉嵐把這幅上聯給官署裡的當地官員和在座的社會名流看，說道：

「這種缺下聯，請諸君補題。」

眾人正要看新任督學大人的才華，那肯多事，互相推讓，無人願補。

紀曉嵐見這樣，遂說：「既然如此，下官就獻醜了。」

他喚來文房四寶，揮筆在紙上寫下幾個大字，大家湊近，只見寫的是這樣幾個字：

俺北國，一天一地一聖人

這幾個字映入大家的眼簾，頓時鴉雀無聲，在坐的福建名流你看我，我看你，覺得這督學大人不簡單。因為這下聯不僅對仗工整，而且氣勢磅礴，寓意精深。它以天覆地載囊括山水，又以聖人統率才子，這樣南方的優點就大大低於北方了。

此事傳開後，那些瞧不起紀曉嵐的人，便不敢放肆了。

幾個月後，紀曉嵐來到汀洲，這裡同樣瞧不起北方人。那天他微服遊逛。走到一座茶樓，忽聽到二樓人聲嘈雜，吟哦聲、喝彩聲不斷，猜想是文友集會，便登樓看個究竟。

茶役引導他坐在一個角落裡，他邊喝茶邊聽這些文人吟詩作賦。他覺得他們詩作平平，並無高雅之論，只是每個人自覺了不起而已。

這時有人發現他潛聽，又看他是一副斯文打扮，便走過來詢問。紀曉嵐只好說省親路過此地。誰知他一張口，暴露了他的北方口音。那些人頓生捉弄之心，有人說道：

「敝會有個規矩，與會者必須作詩，今仁兄光臨此地，須吟詩以助興。」

紀曉嵐見他們玩到自己頭上，故意裝出不會做詩的樣子，說：

「請諸位見諒。」

這些人那裡肯放，於是紀曉嵐拿起筆寫了一句：

一爬爬上最高樓。

眾人一看，這那裡像詩，都大笑起來，催他再寫以資再樂。紀曉嵐又寫了一句：

十二欄杆撞斗牛。

這句，大家不敢笑了，因為它頗有詩意。但又有人懷疑是抄來的，還是叫他再寫下去。紀曉嵐這時不再寫了，說是大家看著他寫，寫不出來，請眾人迴避。那些人看他這副怪樣子，為尋開心，還是躲到一旁。待他們一轉身，紀曉嵐立即寫完後兩句，把筆一擲便迅速離開茶館。後兩句是：

紀昀不願留姓名，
恐壓八閩十二州。

那些想在這北方佬身上尋開心的人轉回身來，見桌上寫下的這兩句詩，驚呆了。沒有料到捉弄的人竟是自己的頂頭上司宗師大人，而詩又寫得那樣開闊有氣派。既佩服又驚慌。趕忙追上去賠罪，這時紀曉嵐早已走遠了。

這些人佩服的是，詩的起句平平，結句有驚人之舉，這就是所謂逆挽法，沒有很高的文學修養和寫作技巧是寫不出來的。

經過這樣幾個回合，紀曉嵐在福建的聲名大振。再加上他按臨各州府考試所表現的文才和識見，大家從心底裡佩服，那些士子與紀曉嵐結下了深厚的友誼，紀曉嵐離任後還曾寫詩表示對他們的懷念。

紀曉嵐在福建三年，很快就過去了。他雖然美名遠揚，但在科考審查諸生中，不可避免地要傷害一些人，特別是那些無才而又要以勢強行名列優等的人，因此在他行前還出現一個小插曲。

離開福州時送別的人很多。其中有一個禮品盒，揭開來看，內面有張紙條，上寫：

虎走山還在

意思是你雖然像隻虎，力強幹練，你還是要走的，我們還是可以巍然不動。紀曉嵐笑笑，明白他們的意思，便在這原字條下面，添上一行字，這行字是：

山在虎還來

這下子，福建上上下下、方方面面的人，再也不敢輕視紀曉嵐。

## 福建除怪

紀曉嵐雖有神鬼怪異觀念，但真正面對怪異，他卻巧於制伏。

督學福建時，他住在福州學衙，有人告訴他辦公的筆捧樓有山魈出沒。山魈雖不是怪，但形狀可怕，性凶猛。體長約一公尺，重達四十公斤，遇上牠不死也要嚇昏的。

紀曉嵐查看了一下筆捧樓。這座樓建築很特別。樓的左右兩側個有一座高塔，樓房回環，腹壁曲折，上層的窗戶全被牆壁遮住光線黑漆漆地，非到中午看不見房中之物。房間從未住過人，走進去陰森森的。

杜甫詩云：「山精白日藏。」紀曉嵐覺得問題就出在房屋的陰暗上。房屋曲折隱幽，又靠近小山，那有不招來山魈匿跡之理。於是他命人喚來工匠，折掉兩側牆垣，加寬四面窗戶，讓陽光直接照射。這樣，不但室內亮敞，而且從窗外望去，遠山翠靄，宛然如在目前，把封閉陰暗的小樓，變得敞亮而有生氣。

本來樓上到了夜晚，老有山魈（又稱鬼狒，屬狒狒科）砰砰作響或齜牙咧嘴的叫聲，經過這一改建，山魈遂不敢再來了。

紀曉嵐很高興，他題了一幅匾額掛在樓前，匾額上大書三個字：「浮青閣」。又寫了幅門聯，掛在兩側，聯曰：

地迥不遮雙眼闊
窗虛只許萬峰窺

看來治怪，是需要招數的。

督學福建期間，後來到長汀舉行科考，又遇上一件事。

長汀試院門前，有兩棵大柏樹，樹高數丈，虬枝蒼勁，柏葉森聳，隔屋數重可見，是植於唐代的古木，傳說樹上常有神仙出現。

紀曉嵐來到樹下散步，書吏問他：

「歷來試官到任，都朝樹禮拜。紀大人，這回拜與不拜？」

紀曉嵐覺得既是傳說，可不必當實事看，於是答道：

「拜樹非祀典所有，此係木魅，既不為害，可不必理它。」

這天晚上，天空明朗，月色皎潔，微風輕拂，古老的柏樹發出簌簌的響聲。紀曉嵐與幕友坐在堂前的石階上，欣賞月夜的景色。突然他發現樹上出現兩個人，身穿紅色衣裳，向他掬躬作揖。他大吃一驚，急呼幕友觀看，等幕友轉過身來，紅衣人已經不見。

紀曉嵐覺得奇怪，不知是真的神仙降臨，還是聽了各種傳說產生的幻覺。他寫下一幅對聯，命人鐫刻在祠堂門口，聯曰：

參天黛色常如此
點首朱衣或是君

此聯以答謝和懷念仙人的角度落筆，引起人們常常想起仙人的出現，不知為何，想見仙人，仙人倒未再出現。差役們高興極了，他們可以大膽地在樹下聊天。

紀曉嵐這一著，是以毒攻毒，利用人的心理定勢，強化警覺，因為清醒，因而幻覺也就少了。紀曉嵐自然沒有想得這麼深，但他覺得與其模模糊糊，不如明白點出，倒更引起人的注意。這事被差役們添枝加葉的傳揚，紀曉嵐被說成有降妖伏魔的本領。

## 嘲南音

兩百多年前的乾隆年代，那時還沒有推廣北京語，南方與北方的語音相差很大，尤其是福建、廣東和北方話的差距更大。有的雙聲、迭韻字到了福建、廣東人口裡，便唸不清楚了，發出的字音，按照北方人聽起來，意思完全相反。

紀曉嵐督學福建，最頭痛的是聽不懂話。隨著他在福建的聲望日益增大，前來拜訪的文人名士也增多，他有意刺他們一下。

在一次有當地官員和文人名士參加的宴會上，有人向紀曉嵐求教，問他的治學秘訣。紀曉嵐說：「秘訣倒沒有，有兩句話可寫給諸位看看。」

差人取來文房四寶，紀曉嵐大筆一揮，在紙上寫下這樣兩句話：

睡草屋閉戶演字
臥樵榻弄笛書符

這兩句話儼然描寫了一個超然物外的讀書人形象：睡草屋，臥樵榻，閉戶讀書，別事不管，閒來吹笛品簫，多麼怡然自得。

紀曉嵐寫就，在座的人爭相傳看。當傳到一個出身本地的官員手裡，紀曉嵐說道：「恐一時傳不過來，就請這位大人唸一下吧！」

這位地方官很得意，便拉長聲音唸起來，誰知話音剛落，滿座捧腹大笑。

原來這一聯，照福建話讀起來，語音已面目全非，聽起來成了「誰操吾屁股眼子，我叫他弄地舒服。」這位地方官開初沒有發覺，後來回味自己的語音，方知是紀曉嵐有意嘲笑福建話，不由得滿臉通紅。

這時，紀曉嵐在座位上，正襟危坐，無絲毫笑意，只是雙眉緊鎖而已。大家見他如此，更加開懷大笑起來。自此，那些本地出身的地方官，說話也不得不語音更標準一點。

紀曉嵐隨乾隆幾次南巡，發現江蘇、浙江的吳語，也有不少難懂的地方。他在舟中無事，便仿照在福建題聯那辦法，做了一首詩，題名《草屋閉戶言志》拿它打趣江浙的官員。詩云：

館閣居官久寄京，朝臣承寵出重城。
散心松寺尋宵宿，喜幸花軒候曉行。
情切慈親催寸草，拋撇蓬蓽譬漂萍。

身迎盛巨述書史，蠻貊氓民慕靈名。

這首詩運用了大量的雙聲、迭韻字，用北方話讀已詰屈聱牙，再用吳語讀起來，就更一個個成了「大舌頭」。當紀曉嵐把詩題贈給江浙地方官，用吳語唸時，乾隆笑得前仰後合，紀曉嵐卻表現得極其認真的樣子。

紀曉嵐這樣的惡作劇，起初，乾隆覺得很開心。後見他凡有南方官員求贈，便將此詩抄錄一份送上，感到太過份了，便不准他這樣做。所以有人說，紀曉嵐雖來江南多次，但在風景名勝處題詩很少，可能是受到乾隆限制的緣故。這事也有可能，不過，現存紀曉嵐的詩集裡，他的山水詩作本來就很少，大概不太酷愛此道吧！

## 藍出於青

俗語「青出於藍」，是說弟子的學問出自先生，指的是師從關係，沒有倒過來說，藍出於青的。但紀曉嵐卻當著門人、後來任泰安知府的朱子穎的面，親口說：「人言青出於藍，今日乃藍出於青。」

弄得朱子穎十分尷尬，連聲說：「不敢，不敢！」遜謝不已。

這話一來是紀曉嵐的幽默趣味不減，二來也是實情。

紀曉嵐督學福建北歸，路過浙江，行船江中，見山色空朦，翠綠一片，意興勃發，寫下《嚴江舟中》絕口四首，其一云——

濃似春雲淡似煙，
參差綠到大江邊。
斜陽流水推篷坐，
翠色隨人欲上船。

這首詩把靜態的山色寫活了。作者從觀賞者的視覺出發，以擬人手法，把翠綠的山色寫得隨風飄動似的，栩栩如生，令人怦然心動。

但這首詩的取意卻是子穎詩「萬山青到馬蹄前」一句。我們只要把這句詩與紀詩對照，就可發現。朱子穎本人不知道，紀曉嵐心中明白，他是由此推演而來。所以不掠美地說了上面這番話。

說起「萬山青到馬蹄前」一句，這裡還有一個小插曲。

這句詩第一次見到，並不是從朱子穎手中，而是在旅舍的牆壁上。乾隆丙子，紀曉嵐隨從乾隆往熱河避暑。路上車馬堵塞，久不能行，在路旁旅店小憩，抬頭望見剝落的牆壁上兩句詩——

一水漲喧人語外，
萬山青到馬蹄前。

他覺得意境很好，有「雲中路繞巴山色，樹裡河流漢水聲」風味。但牆壁剝落過半，不見作者姓名，當時嘆惜不已。

七、八年後，也就是紀曉嵐督學福建之前，紀擔任順天鄉試同考官。試後，有新取舉人來拜，作為晉見禮的一首詩中，竟有這兩句。紀曉嵐大驚，方知此詩的作者，就是坐在面前新取舉人朱子穎。大喜過望，兩人遂成莫逆之交。

朱子穎壽年不永，早於紀曉嵐而歿。兩個兒子稟承父志，對紀仍依依有情。本有宿命論的紀曉嵐，這時情不自禁地嘆道：「翰墨因緣，良非偶爾。」

## 寄示閩中諸子

乾隆二十八年（一七六三年），紀曉嵐出任福建省提督學政。在此之前，他曾擔任山西鄉試正考官、會試同考官和順天府有試同考官，為朝廷選拔了一大批品學兼優的人材。此次福建之行又給他一個選拔人才的機會。

提督學政的職責是在鄉試之前，巡視省內各府、州、縣，對該地的生員、增生、廩生舉行科考，檢查他們的品行和學業成績。當時實行六等黜陟制，一、二、三等名次靠前者有賞，四等以下受罰或黜革，並取消參加鄉試的資格。因此，各府縣生員對督學大人是十分敬畏的。

紀曉嵐以自己的才學優長和清廉正直，贏得了廣大生員的信任和尊敬，三年督學期間與他們結下了深厚的友誼。離任後，有的生員後來考取了舉人或進士，一到北京便來看望紀曉嵐，那些沒有機會來北京的也經常寫信向紀曉嵐討教和問候。紀曉嵐深感「閩俗之篤師」，感慨繫之，作詩六首以志慨，詩云：

〈其一〉

平生無寸長，愛才乃成癖，
每逢一士佳，如獲百朋錫。
甲乙手自評，朱墨紛狼籍，
雖不接言笑，宛然共晨夕。
別來八九年，姓名心歷歷，
每遇閩嶠人，慨然懷曩昔。

〈其二〉

鐵網織千絲，持以臨滄海，
珊瑚萬萬株，安能一一採。
遺才良已多，事後恆追悔，
尚喜所已收，頗足敵祟愷。
森竦七尺枝，萬目炫光彩，
頁筐躍天琛，聲價今無改。

〈其三〉

芳蘭春已茁，黃菊秋葳蕤，
馨香初不易，滋長各有期。
諸子皆南金，寶礦光陸離，
云何閱數載，窮達理不齊。
素修苟勿怠，遇合終及時，
君看延平劍，變化何神奇。

〈其四〉

藝禾待其稔，種木待其榮，
殷勤羅國士，實亦期其成。
豈曰植桃李，持以夸公卿，
文章達世用，所冀為國楨。
經濟緬忠定，道德尊考亭，
亢懷思古昔，日月懸高名。

〈其五〉

昔陟鼓山顛，東望大海水，
萬派匯歸墟，有本故如是。
我雖詞賦人，雕蟲爭綺靡。
側聞師友訓，頗解文章理。
六藝濬淵源，五倫固根柢，
作者無幸傳，勖矣諸君子。

〈其六〉

迢遞隔山川，音書時眷眷，
感此金石心，不逐升沉變。
深情可所酬，贈以勤無倦，
鼎彝登廟廊，追溯工師鍊。
他年因子傳，已荷榮施萬，
努力付所期，何必時相見。

這六首詩有愛才，有勉勵，有希望，有懷念，充分表現了紀曉嵐遴選人材之情。為了表示對諸生的深情和期望，他把這六首詩托付給一個姓梁的舉人帶回福建，念給那些沒有機會來京的人聽。紀曉嵐在這組詩的小序中說：

督學閩中，愧無善狀，而諸生有一日之知者，詣公車（舉人進京應試）必過相存問。其不能至京師者。書題亦絡繹不絕。信閩俗之篤師友也。余懶且病，不能一一作報書，而其意又不可不報，因作詩六章，屬梁子攜以歸，有相問者，梁子其為我誦之。

一代通儒、高官顯宦的紀曉嵐，對後輩關切之情可謂厚矣！

## 烏可據詩書

明代名將戚繼光為鞏固東北邊防，抗擊外族入侵，在河北東北部修築了一座城堡，城旁因有石形如匣，取名石匣城。這座城堡坐落在幾個小山之間，無甚險要可守，但它卻多次阻擋來自北方外族騎兵的襲擊。到乾隆年間，時隔一百多年，昔日古城堡早已倒塌，但當年的規模，仍依稀可辨。

紀曉嵐有一次公幹，特意登臨此地。他欣羨戚繼光的為人，但環顧周圍的地形，卻不明白為何在這種地形中築城堡。他在《石匣城》詩中寫道：

> 丘垤互起伏，了無險可恃，
> 云何一孤城，能捍萬突騎。
> 使我生當年，與聞軍國計，
> 據今之所見，寧不沮其事。

他覺得如果自己活在當時，看到這樣的地形，一定不會贊成在這裡建城堡。但事實又確鑿地證明，戚繼光是正確的。他深信這只能是戚繼光依據他多年的實戰經驗作出的判斷，他感慨地在詩中繼續說道：

烏可據詩書，慷慨談經濟。

他感到千萬別片面地根據書本知識，決定國家大事。紀曉嵐這種強調閱歷、重視實踐的思想，在他的詩文中時有流露。乾隆二十七年冬，紀曉嵐督學福建，從北京赴福建任所，東渡黃河，在船工的號子聲中，吟出這樣的詩句：

九折東瀉自太古，蕩潏為患從商周。
漢唐而下日聚訟，捍御至竟無良籌。
書生每喜談水利，尸祝欲代苞人謀。
世間萬事需閱歷，百不一效空貽羞。

他想起自商周以來黃河帶來的災難，嘆惜千百年來治河沒有良策。他討厭那些空談水利的書生，主張應由具有實踐經驗的人來治理。他在詩的結尾憤慨地說：

挑燈夜讀河渠志，咄哉紙上談戈矛。

乾隆五十八年（一七九三年），當他撰寫《姑妄聽之》的時候，仍未忘記表述這種求實精神。他在《姑妄聽之二》記述了一則「尋訪石獸」的故事，故事說：

滄洲城南有座封廟，靠近河邊，山門倒塌，有兩隻石獸沉入水底。十餘年後，和尚募金重修，從原來落水的地方打撈石獸，竟沒有找到。大家以為被水沖到下游去了，駕駛幾條小船，拿著鐵鈀，順水而下，找了十餘里，仍然不見蹤跡。有一位講學家在寺廟授徒，聽說這件事，笑道：「你們不懂物理，石獸並非木頭，怎能被水沖走？石性堅重，河沙鬆軟。石在沙上，越沉越深，被河沙掩埋了。沿河尋找，不是找錯了門嗎？」

有一個老河工，聽到講學家的高論，忍後不住發笑說：「凡河中落入石頭，應當到上游尋找。石性堅重，沙性鬆軟，水不能沖動石頭，它的反激力倒反在石下迎水的地方，沖成一個小穴，日久漸深，沖到有石頭高度一半時，石頭必然倒轉穴中，如是一而再，再而三，倒轉不已，石頭遂朝逆水流方向往上跑。沿河的下游尋找，固然不對，到地中去尋找更不對。」

按照老河工的話去辦，果然在上游數里外找到了。

這故事很有趣，和尚失誤，是只看到事物的表面，講學家出錯，是由於他只片面強調物質的比重，而忽視河水的千變萬化。老河工之所以判斷準確，在於他長期與河水打交道，從實際觀察中得出結論。通過這三者得失相觀照，紀曉嵐說：「然則天下之事，但知其一，不知其二者多矣，可據理臆斷歟！」他對不重視實踐的作風是不滿意的。

編撰《四庫全書》時，紀曉嵐對那些經過實地考察和親身經歷寫出來的科技書，特別推崇，如明人張國維寫的《吳中水利書》，這是根據本人任江南巡撫期間，興修一系列水利工程的實際經驗寫成的，《總目》加如下評語：「是書所見，皆閱享之言，」故「指陳詳切，頗為有用。」

貫串紀曉嵐的一生，都是「崇實黜虛」的價值準則。

## 片雲孤月

紀曉嵐三十六歲擔任山西鄉試正考官，次年充會試同考官，兩年後又督學福建，屢掌文衡，門生頗多，求見者絡繹不絕。

一日有二生同時來訪，王生額上有一黑斑，李生左目失明。紀曉嵐寒暄過後，望著他們發笑。二生以為自己有失檢點，惶恐地問：

「恩師何故發笑？」

「不，不！」紀曉嵐連忙擺手，說「你們的尊容，令我想起兩句杜詩，可集一聯。」

「哪兩句？」二生很有興趣地問。

「一為『片雲頭上黑』，一為『孤月浪中翻』。」

這兩句詩是杜甫兩首詩中寫景的句子，用在這裡，恰好描繪了王、李二生的模樣，王、李聽後也不禁大笑，連說：「佳對！佳對！」

紀曉嵐聯想快捷，有時弄得對方下不了台。

一次會試後，新科狀元劉玉樹來紀府拜謁。紀曉嵐客氣地接待他，問起住處，劉玉樹說：「學生暫住芙蓉庵。」

一聽此語，紀曉嵐又撐不住大笑，而且越笑越厲害，不得不退入內室，叫家人請狀元暫歸府第，改日相見。劉玉樹丈二和尚摸不著頭腦，回到住所，左思右想，還是不得要領。幾天後，再來紀府拜訪。

紀曉嵐說：「那天由你的住處，湊成一副妙對。」

「什麼妙對？」劉玉樹十分驚訝。

「劉玉樹小住芙蓉庵；潘金蓮大鬧葡萄架。」

「呵——」劉玉樹突然明白，那天是紀曉嵐由「暫住芙蓉庵」想起《金瓶梅》的第二十七回目。這一口寫潘金蓮與西門慶在葡萄架下肆意淫媾，故此發笑。

紀曉嵐夫人馬氏，見紀曉嵐浮想聯篇，諧謔打趣，深怕得罪客人，經常勸阻。但紀曉嵐總是情不自禁，有一次還聯想到夫人頭上。

那天天氣晴朗，紀曉嵐心情很好。忽報有人求見。來人是山西鄉試解元馮文正。他對紀曉嵐這位大才子非常尊敬，見到紀曉嵐伏地叩頭，行大禮。

紀曉嵐見狀，略一沉吟，一邊讓坐，一邊笑著說：

「賢契，今日相見，可得一佳對。」

「有何佳對，學生願聞。」

「今日門生頭觸地——」

「下聯呢？」馮文正覺得紀曉嵐把自己拿來取笑，很有趣，急切想聽下聯。

「下聯不能說……」紀曉嵐想起昨夜與夫人在床上卿卿我我之事，恰好是一個絕妙的對句，但又不便在學生跟前說。原來對句是：

「昨宵師母腳朝天。」

此事後來讓馬夫人知道，馬夫人嗔怪地罵了一句：

「狗嘴吐不出象牙！」

## 詠剃頭

清代，按照滿族的習慣，男人也蓄髮辮。但男人蓄辮，只是把頭頂後半部的頭髮存留起來，頭頂前半部的頭髮還是剃掉，因此，理髮匠並沒有因男人蓄髮辮而減少。

紀曉嵐愛按時理髮，有一次理完髮，他從鏡子裡看到自己光溜溜的頭，讚賞理髮師的手藝，抬頭看看理髮師，理髮師也剛好理過髮，半截光頭呈現在他面前。理髮師為別人理髮，自己的頭髮又被人理。

紀曉嵐覺得很有趣，立詠剃頭詩一首，詩云：

聞道頭可剃，無人不剃頭。
有頭皆要剃，無剃不成頭。
剃自由他剃，頭還是我頭。
請看剃頭者，人亦剃其頭。

紀曉嵐從剃頭者與被剃頭者之間，發現一種有趣現象，運用輕鬆調侃的筆墨，寫得活靈活現，大具幽然情趣，令人讀後忍不住發笑。

此詩在現存《紀文達公遺集》中沒有保留，但流傳卻很廣。大概是一時戲作，又有打油詩風味，編集者故未重視吧！

## 兩次受窘

紀曉嵐學富五車，睿智多才，尤善屬對。在與乾隆和眾大臣詩聯交往中從來沒有被難住，然而有兩次卻窘得回答不出。

一次是督學福建途中。乾隆二十八年（一七六三年）紀曉嵐剛滿三十九歲，便被任命為福建提督學政，這是一個令企求外任的翰林艷羨的職務。出京的那天，他的弟子劉權之、諸重光前來送行，吟詩一首告別，表現出他躊躇滿志。詩云：

祖帳青門握手頻，臨歧獨自語諄諄；
皇恩四度持文柄，遠道三年別故人。
天上鵷鸞懷舊侶，園中桃李待新春；
明時稽古多榮遇，努力京華莫厭貧。

赴任途中，到濟南改乘船集，沿運河南下。紀曉嵐站在船頭，興高采烈，瀏覽兩岸景色，吟詩作對，寫下幾十首詩，後來便結集為《南行雜咏》。

一日，他正站在船頭觀賞，後面趕上來一艘大船，與其並行。船上坐著一個壯年男子，武夫打扮。那壯年男子對紀曉嵐注視了一陣。他不知道眼前是大名鼎鼎的才子紀曉嵐，只覺得此人像個文士，看到這位文士乘的船集速度太慢，於是戲謔地寫下一張紙條，包上一塊石子，拋到紀曉嵐船上，向紀曉嵐點頭示意。

船工把紙條拿給紀曉嵐，上面寫的是：

「閣下想必是一位文士，今有一聯，請君屬對。」

接著寫的上聯是：

兩舟並行，櫓速不如帆快。

這是一副語意雙關，而又與兩位古人的名字諧音的聯語。「櫓速」暗含「魯肅」，「帆快」暗含「樊噲」，表面的意思是櫓不如帆，實際嘲笑文不如武。這是一副構思巧妙的上聯，那壯年男子意在取笑。

紀曉嵐原想狠狠回擊一下這位目中無人的壯年男子。但仔細思索卻發現這對聯並不容易屬對。那壯年男子見紀曉嵐皺起眉頭，在船頭踱來踱去，沒有搭話，知道他一時對不出。哈哈一笑，向紀曉嵐揮揮手，揚帆而去。

這場面給紀曉嵐很大刺激，他一路上搜腸刮肚，尋求下聯，最終沒有結果。直到抵達福州，主持院試論才大典，樂聲齊鳴，方心頭一亮，對出了下聯。他對的是：

八音齊奏，笛清怎比簫和！

「笛清」暗含「狄青」，「蕭和」暗指「蕭和」，同樣是一句話音雙關、諧音喻人的對聯，而且一文一武，文勝於武，在寓意上也與上聯相對，可惜當時在船上沒能對出，沒能揚眉吐氣。

再一次是明玕出的一個上聯。明玕是紀曉嵐最寵愛的侍妾，雖然出身貧寒，識字不多，但與紀曉嵐相處，檢點圖書，執燈捧硯，在紀曉嵐熏陶下，後來也學會吟詩作對。一天她在槐西老屋正用舊葛（夏布）補紗窗的破洞。突然想起一聯。待紀曉嵐從書館回家，便笑嘻嘻地說：「妾得一副上聯，你來對上吧！」

紀曉嵐以為是平常的對句，漫不經心地說：「什麼對句？」

「夏布糊窗，個個孔明諸格（葛）亮。」明玕說。

這個上聯，對明玕來說，是觸景生情，隨口而出，對紀曉嵐來說，卻遇到了難題。因為這是借一字諧音，同寓人名和物名的對聯，孔明是三國時期蜀相諸葛亮的名字，而諸葛又諧「諸格」，這樣的人名和物名融在一起，實屬難過。

紀曉嵐思索良久，答不出來，只好說：

「對不出。」

明玕樂得直拍手：

「這回難倒才子紀曉嵐了！」

紀曉嵐被明玕難住，雖是侍妾的調笑，但還是時時記得此事，遇有機會尋求對句。

幾年之後，紀曉嵐的妹妹回崔爾莊省親，恰好紀曉嵐也回到崔爾庄。紀曉嵐與妹妹談起此事，當然他隱瞞了是誰出的對聯。她妹妹一聽，知是女性出的聯句，一個大男人，怎會注意糊窗的事。妹妹說：「對此聯也並不難，何不對它一句：老翁掌勺，勺勺粥餘粥供緊。」

此聯以「粥餘」諧三國時期吳將「周諭」，以「粥供緊」諧周瑜的字（周瑜字公瑾）。物和人名都融合了，但重複的字多，人名又全用諧音，不及上聯貼切自然。紀曉嵐直搖頭，認為太牽強。但他自己又拿不出像樣的對句來。

此事在民間流傳，二百多年來，文人墨客能對出的極少。中有一聯是這樣對的：

雪飛梅嶺，處處香山白樂天。

白居易字樂天，晚號香山居士。這裡以他的號和字喻地名，雖有牽強，但比「勺勺粥餘粥供緊」，自然貼切得多。

天外有天，樓外有樓——紀曉嵐這兩件趣事說明即使是天才，也有被難倒的時候。

## 趣打王文治

王文治，字禹卿，號夢樓，江蘇丹徒人，乾隆二十五年庚辰科探花。能詩善畫，尤以書法知名。著有《夢樓詩集》二十四卷。他任翰林院編修期間，紀曉嵐正任左春坊左庶子，兩人過往甚密。

當時京中每逢春節，仕宦人家多愛用雍正皇帝賜給保和殿大學士張廷玉的那副對紙：「天恩春浩蕩；文治日光華。」以示不忘皇恩。紀曉嵐看得多了，突然想起這下聯頭兩字，正是王探花的名字，他的幽默勁頭來了，決計打趣一下這位探花大人。

趁王文治不在家，他急匆匆趕到王家。鄭重其事對王家僕人說：

「特來賀喜，皇上封你們家的夫人為『光華夫人』，接到聖諭沒有？」

僕人聽到這個喜訊，那敢怠慢，急忙進去稟報夫人。王夫人歡喜不迭地接待紀曉嵐。紀曉嵐道：「聽說皇上為夫人加封，賜為『光華夫人』，我特先來報個喜訊，準備接旨吧。」說完，便告辭而去。

得到這個喜訊，王府上上下下的人，個個歡天喜地，特別是王夫人，刻意修飾打扮，等候接旨。誰知左等右等，聖旨卻沒有下來。

王夫人幾次打發人到門外張望，也沒有動靜。最後，王文治從朝中回來了。他一進門，看到家中喜氣洋洋，非常奇怪。走進內室，便問夫人是怎麼回事。

夫人興高采烈地告訴他：

「皇上要封妾身為『光華夫人』，聖旨快要到了。」

「哪有這事！」王文治很愕然，不解地說，「我怎麼沒有聽說。」

「怎麼，你還不知道？」王夫人迷惑起來。

「你聽誰說的？」

「紀學士呵！」夫人說，「他親自到我們家報喜訊，說在宮中看到聖諭。」

王文治一聽是紀曉嵐說的，立即明白了。他知道這位大才子戲謔無常，準是他搗鬼。於是對夫人說：「別瞎忙，沒有這回事。」

王夫人正在興頭上，那肯相信這話，又繼續追問：

「沒有這事，難道紀曉嵐敢假傳聖旨？」

「他是在戲弄我們呵！」

王文治這一說，王夫人更摸不着頭腦。要王文治解釋清楚。

王文治只好小聲地對她說：

「京中有一副常用的春聯，寫的是『天恩春浩蕩；文治日光華』。是先皇雍正爺賜給大學士張廷玉的。那下聯頭二字正是我的名字，如果你封了『光華夫人』，再加上中間那個『日』（入）字，豈不應了我們的關係！」

「呵——」王夫人這下恍然大悟，又羞又惱，大罵紀曉嵐捉挾鬼，可惡。

第二天，紀曉嵐看到王文治，笑得前仰後合，王文治狠狠地瞪了他一眼。

這時紀曉嵐已過不惑之年，大兒子汝佶已鄉試中舉，女兒紀韵華已結婚，按理愛開玩笑的習慣應有所收斂，但他的幽默勁頭還是不減。不久前，他的表兄天津太守牛稔文的兒子結婚，紀曉嵐送去一副喜聯，還暗寓「吳牛喘月」、「對牛彈琴」的典故，弄得牛稔文很尷尬。看來一個人的秉性是不太容易改變的。

## 客上天然居

紀曉嵐赴福建任提督學政的同年，升任侍讀學士，次年又遷左春坊左庶子。從福建回來後便在左春坊左庶子任上。這時劉墉經過兩次官場的波折，已升任內閣學士，表現出了他的政治才能。

這年秋天，乾隆微服私訪直隸，便由劉墉、紀曉嵐等人伴駕。

查看了一些地方的民情後，君臣一行來到真定府。這裏寺廟眾多，古塔林立。著名的即有廣惠寺、天寧寺、開元寺、大佛寺。大佛寺以大佛而聞名，其大悲閣的大銅佛，高達五丈有餘，有四十二隻手臂，為國內罕見。對這些寺廟，乾隆一行都一一遊覽過。君臣對大佛寺的大佛印象很深。

這天，乾隆與紀曉嵐微服來到一座茶樓。

茶樓幽雅別致，招牌上大書「天然居」三字。乾隆覺得有趣，若坐後，隨口吟道：「客上天然居。」吟後覺得這句話可以倒過來念，倒念句意更佳，成了「居然天上客」。原來無意組成了回文。

乾隆很高興，遂稍聲對紀曉嵐道：

「『客上天然居，居然天上客』，卿可屬對？」

紀曉嵐喝了一口香茶，發覺這是一句回文，想起昨天遊過大佛寺，遂答道：

「『人過大佛寺，寺佛大過人』。」

這也是一句回文，與上聯剛好相對。

紀曉嵐頗為自得，乾隆也覺得不錯，稱讚了他幾句。

此事後來傳揚開去，紀曉嵐一個朋友對紀曉嵐道：

「紀公此聯，並不太佳，何不用『僧遊雲隱寺，寺隱雲遊僧』，豈不更好！」

紀曉嵐聽後，大為嘆服。

原來這一聯在意境上勝「人過大佛寺」，含蓄而有餘味，意趣也與上聯相仿。

乾隆與紀曉嵐所吟的這副回文對，成為這次私訪的一樁美談。但後人把他們君臣二人在這次私訪中別的吟咏都掩蓋掉了。

因為這副名聯，後世仍有人對它產生濃厚興趣，繼續尋求佳對，如有人對道：

「郎中王若儼，儼若王中郎。」

民國時期，也有人對一對句：

「人來交易所，所易交來人。」

這些對句的出現，表明人們還在尋求對句的更佳境界，只是這些對句仍沒有超過「僧遊雲隱寺，寺隱雲遊僧」的境界。

## 泰山吟對

乾隆乙酉年，風調雨順，天下承平，又值乾隆帝登基三十周年。乾隆高興萬分，在這年初秋，率領文武大臣到泰山行封禪大典。

乾隆此次登山，是他生平九登泰山的第五次。乾隆性喜遊山玩水，他一生曾三上五台，六下江南。此次登山在名義上是封禪祭祀，實際上也是在山光水色中娛樂自己。

他在泰山城內的岱廟舉行過祭祀東嶽大帝的大典之後，第二天便率領群臣登山。陪同他登山的文臣有董曲江、劉師退、劉墉、紀曉嵐等人。一路上簇擁乾隆，浩浩蕩蕩。

中午時分，他們來到斗母宮。斗母宮是一座年代久遠的宮院，明嘉靖二十一年予以重修，規模較大，女尼眾多。院內供有送子觀音，那些缺乏子嗣的人，多來此吸拜，因此香火鼎盛。乾隆駕臨此地，眾女尼很乖巧，忙捧來紙筆墨硯，恭請君臣題字留詩。

乾隆欣然允諾，寫下一句上聯：

鐘聲磬聲鼓聲，聲聲自在

這是從寺觀宗教氣氛而說的，切情切景，眾大臣紛紛喝彩。乾隆道「上聯朕已寫好，下聯誰來題寫？」

不待眾人回答，紀曉嵐接過筆來，立即寫道：

山色水色物色，色色皆空

這一聯把宗教觀念渲染得更加濃烈，與上聯對得工整穩妥。乾隆頷首稱好，眾女尼也高興得眉飛色舞。紀曉嵐看着這幫俊俏的女尼，想起外邊有關女尼不守清規的流言，他的戲謔勁頭又來了。他提起筆，另取一紙，又寫下一聯：

一筆直通

兩扇敞開

這話一出，那種只可意會不可言傳的意趣，使在場的大臣忍不住笑出聲來，女尼們個個臉色大變，乾隆也沒有料到紀曉嵐寫這樣的話，正要制止，只見紀曉嵐又不慌不忙加了幾個字，把這一聯變成：

一筆直通西天路
兩扇敞開大千門

這下意境全變了，女尼們又恢復了他們的笑容，乾隆君臣也鬆了一口氣。

從斗母宮出來，繞過幾道山路，又沿着登山大道盤桓而上。有的路面大窄，乾隆只好下轎步行。兩旁怪石嶙峋，石上細紋密布，像是破碎的樣子。乾隆禁不住伸手模模，石頭卻很堅硬，他突然有所感觸，對跟在身邊的劉墉、紀曉嵐等說：

「朕有一聯：『泰山石稀爛挺硬』，卿等可否屬對？」

劉墉和紀曉嵐等思考良久，答不上來。因為這副上聯完全是就事論事，沒有別的含意，而眼下無有關事物相對，所以大家都說不出了。

待登上中天門，放眼下望，黃河如帶，風煙萬里，大家的情緒頓時振奮起來。紀曉嵐大叫道：「下聯有了！臣對的是：黃河水翻滾冰涼。」

從黃河的奔騰中得到啟發，紀曉嵐終於答出了下聯。乾隆想了想，微笑着連連點頭。劉墉等也為他叫好，自愧不如紀曉嵐快捷。

乾隆君臣在碧霞宮住了一晚，次日凌晨便上玉皇頂看日出。泰山觀日出，只有三個最佳時，一是正月無雨的時候，二是秋高氣爽的時刻，三是仲冬雪後。他們來這裏觀日出，正是秋天，所以飽賞了日出壯觀景色。乾隆很興奮，他的題聯作會興致不減。看完日出後，他在山皇頂附近的東岳廟祭祀，祀畢，轉到廟北的彌高岩下，忽然想起《論語》裏：「仰之彌高」的句子，又想借《論語》難一難紀曉嵐，他道：

仰之彌高，鑽之彌堅，可以語上也

乾隆心想，這回紀曉嵐恐怕得憋住了。誰知幹隆的話音剛落，紀曉嵐也隨即答出：

出乎其類，拔乎其萃，宜若登天焉

他用的同樣是《論語》中的句子，而且又對得自然流暢，渾然天成，乾隆及眾大臣無不為之嘆服！

## 三字絕聯

乾隆年代整整六十年，時間跨度過半個世紀，奇奇怪怪的事頗多。戊子科會試，有父子二人同舉進士，科場傳為佳話。

乾隆得到稟報，很高興。那天朝罷，他把大臣們留下，說道：

「朕聞本科會試有父子二人同舉進士，實屬巧合。朕今得一聯，眾愛卿可否屬對？」

父戊子、子戊子、父子戊子

這一聯看似隨意吟出，以眼前事如實表述，實則非常深巧。它不僅字面諧音，而且事件的主體系人物長幼關係，要找一副與之對應的下聯，並非容易。

眾大臣面面相覷，不知如何應對。

紀曉嵐一時也覺得難以措詞。他環顧在場的同僚，恰好有任過司徒的師生二人在場。紀曉嵐心頭一亮，有了，說道：「回聖上，臣有一聯，不知可否？」

「你說罷。」乾隆急切想聽聽下聯。他本人在吟出上聯後，下聯也一時想不出，覺得這上聯無意中組合得太巧妙。

紀曉嵐吟道：

師司徒，徒司徒，師徒司徒

這一聯利用師徒二人，均擔任過司徒一職的關係，恰好對上「父戊子，子戊子」的關係，同樣十分深巧。紀曉嵐話音剛落便博得滿堂喝彩。

乾隆也開心的笑道：「朕還有一聯，還是咏此事。」

父進士，子進士，父子雙進士

這一聯比上聯容易一些，紀曉嵐目視劉墉，意思是你對對吧。劉墉笑笑，吟道：

婆夫人，媳夫人，婆媳兩夫人

劉墉從父子進士聯想到婆媳的變化，因而很快吟出此聯。

乾隆見難不倒眾人，一時興起，想到昨晚讀過的相書，又湊成一聯：

金生水、水生木、木生火，火生土，土生金

乾隆確實有點文才，這一聯比上兩聯更厲害，聯中既有五行關係的循環，又在字面上把每句的末字變成下句的首字，形成頂真相連。這種三字聯可以說是真正的絕對。

原有的熱烈議論的場面，這時立即平靜了下來，大家細細品味這一聯語之後，覺得確實難以屬對。

乾隆見大家不說話，有幾分得意，手一揮，說：「明天再對！」

回到家中，紀曉嵐有些窩火，覺得皇上太逼人，出這樣一副怪聯。他沒有心思品味午餐的美味佳肴，一心放在應對上。可是左思右想，未找到合適的對句。這時，後院傳來童僕背誦《三經字》的聲音：「父傳子，子傳孫。」紀曉嵐開初愣了一下，繼而忽有所悟。

第二天早朝，乾隆首先就問眾大臣是否想出了下聯。

「微臣已有下聯，請聖上裁定。」紀曉嵐回答之後，遂吟出了：

曾傳祖，祖傳父，父傳子，子傳孫，孫傳曾

這一聯以五代對五行，而且上下也循環，與上聯對得天衣無縫。

眾大臣齊聲稱好：「佳對，佳對！」

乾隆也捋着鬍鬚笑了。

## 劉墉上當

劉墉，字崇如，號石庵，乾隆十六年進士，由編修纂官至體仁閣大學士，是乾隆中期的股肱大臣，是紀曉嵐的座師劉統勛之長子，能詩能文，尤以書法知名。

劉墉比紀曉嵐年長四歲，兩人過往密切，親同兄弟，常愛在一起開玩笑。

有一次退朝後，乾隆突發雅興，把劉墉叫住，說：

「愛卿，我給你出個題，你說什麼最高？什麼最低？什麼在東？什麼在西？」

劉墉本是聰明過人，但對乾隆這幾個「最高」、「最低」、「在東」、「在西」，一時倒不知如何回答，怔怔地呆在那裏。

乾隆見他這副模樣，笑道：「先回家想想，想好了再答。」

劉墉回到家中，搜腸刮肚，苦思冥想，找不出合適的答案。這時他想起了紀曉嵐。紀曉嵐博學睿智，機敏過人，或許他能想出來。於是急匆匆趕到紀曉嵐家裏。

紀曉嵐聽了劉墉的敘述，說道：「這好辦，我們先到花園看看。」

後花園有不少樹木花草，也種有黃瓜、茄子、冬瓜、西瓜。

紀曉嵐說：「你看這園中的東西，什麼最高？什麼最低？」

劉墉環顧了一下，說：「架上黃瓜最高，茄子最低。」

「再看看什麼在東？什麼在西？」紀曉嵐說。

劉墉沉吟了一下，說：「這裏，冬瓜在東，西瓜在西。」

「這就對了，」紀曉嵐笑着說，「問題的答案不就解決了嗎。」

劉墉心實，他沒有注意這「最高」、「最低」、「在東」、「在西」，是隨着環境的變化而有所改變的。

第二天，文武百官上朝，乾隆要劉墉回答昨天的問題，劉墉滿腔高興地答道：

「啟稟任上，架上黃瓜最高，茄子最低，冬瓜在東，西瓜在西。」

他滿以為會得皇上的嘉許。豈料乾隆聽完，半晌不語，臉色陰沉，環顧左右，看到紀曉嵐在身邊，便說道：

「紀昀，你再回答一下這個問題。」

紀曉嵐愣了一下，立即領悟，跪下奏道：

「啟稟聖上，萬歲最高、微臣最低、文官在東。武官在西。」

這下子，切情又切景又搔到了乾隆的癢處，乾隆高興得又是點頭，又是微笑。

劉墉丟了面子，下朝後，找到紀曉嵐埋怨道：

「你昨天告訴我這樣回答，你自己又換過一套，這不是存心讓我挨皇上的白眼。」

紀曉嵐解釋道：

「回答問題要講究場合，在後花園那樣回答可以。在金殿上，環境變了，那樣答怎能討皇上喜歡呢？」

劉墉這才明白，自己忽略了這一因素，致使弄得尷尬！不由深深佩服紀曉嵐的機智。

## 智答袁枚

袁枚也是乾隆年間的大才子。當時有「南袁北紀」的說法，南袁便指袁枚，北紀指紀曉嵐。袁枚，字子才，號簡齋，浙江錢塘（今杭州）人。乾隆四年進士，只做過溧水、江寧兩地知縣。仕宦生涯不上十年，三十六歲便辭官家居，築室金陵小倉山，論詩講學，縱情山水。著有《小倉山房集》、《隨園詩話》及筆記小說《子不語》等。

袁枚比紀曉嵐大幾歲，也比他早死幾年，畢生活躍在乾隆朝。他的詩名很大，為乾隆三大家之一（三大家另兩家為蔣士銓、趙翼）。蔣士銓題辭說：「我讀隨園詩，古多作者我不知。古今只此筆數枝，怪哉公以一手持。」表示對他的傾慕。

紀曉嵐對袁枚的文才是欽佩的。他在《閱微草堂筆記》裡，常常提到他。特別是記載同一故事而有差異時，更要提到。這說明兩人是互相了解的。

袁枚未任溧水、江寧知縣之前是在翰林院任職。有一年他被任命為紀曉嵐家鄉河間府的試官。行前，袁枚對紀曉嵐說：

「久仰貴地文風高尚，這回可要領教。」

紀曉嵐說：

「敝地三尺童子皆能應對，袁大人到那裡便知道了。」說罷，笑將起來。

袁枚知道紀曉嵐吹牛，可是到河間府主持府考，生員的文章的確做得不錯。這裡的人好客，當他離開時，生員們都來送別依依難捨。袁枚被感動了，分手時感慨地說：

「承蒙諸位厚愛，不勝感激，沒有別的相贈，我們做個對兒留作紀念吧！」

他望著城內的雙塔，吟道：

雙塔隱隱，七級四面八角

那些送別的生員，敬慕老師，沈浸在離情別緒之中，那有心思應對。袁枚也急著趕路，沒有耽擱，即刻告辭而去。走了一段路，回頭一看，那些送別的生員，還站在那裡，遠遠地向他揮手。

回到北京，紀曉嵐便問他感受如何？

袁枚說：「貴地民風樸實，熱情大方，人才濟濟，確是不錯。只是臨別時我出一聯，要他們屬對，他們卻沒有對出來，不過，待我走遠，他們還站在那兒，向我揮手致意。」

接著袁枚告訴紀曉嵐他出的上聯。

紀曉嵐笑道：「這下你就錯了，他們已回答了你的下聯，怎能說沒有呢？」

袁枚丈二和尚摸不著頭腦，驚訝道：「此話怎講？」

紀曉嵐舉起手掌搖了搖，說：「這就是他們回答的下聯。」

紀曉嵐說出的下聯是：

孤掌搖搖，五指三長兩短

袁枚大笑起來，說道：

「你真會代人作文，我差點給你糊住了。」

「事實如此，怎麼糊你。」紀曉嵐故作不解的樣子。

對袁枚來說，當然糊不住他。不過，紀曉嵐這一對句，確係貼切自然。後來兩人提起此事，都忍俊不住發笑。

## 題《藝菊圖》

乾隆二十七年，紀曉嵐除督學福建，還曾擔任順天府鄉試同考官，取了一名舉人叫王金英，後來與紀曉嵐交好。

王金英性格孤傲，酷愛菊花，他取字「淡人」，取號「菊莊居士」，皆從菊花取意。有一次醉後，吟出這樣的詩句：

詩不期工，貴得其意。
酒不期多，貴貪其味。
風月為朋，天地為室。
長嘯空山，清吟抱膝。

這首詩，表現出了他放浪不羈的風度。

他的詩寫得不錯，頗受當時文人推重。袁枚很欣賞他的詩，在《隨園詩話》裡摘錄有「生徒散後庭階靜，知己逢來禮法疏」、「負郭人家隄下住，酒帘颺出樹梢頭」這樣的佳句。他的詩風接近宋末四靈詩派，秀削不俗，只是才氣稍弱。

有一次他作了一幅《神菊圖》，邀請友人賞鑑題詠。到場者個個逞才獻技，當場得詩十餘首。事後又有人題詠，合起來近百人。這些題詠都收錄在《友聲集》裡。

紀曉嵐與王是好友，又是他的座師，是到場的重要人物；大家都望著他如何下筆。紀曉嵐避開就菊論菊的俗套，刻意模仿王詩體格，不慌不忙地寫下這樣幾句：

東籬千載後，癖嗜似君無。
以菊為名字，以花入畫圖。
秋深人共淡，香晚韻逾孤。

可要王宏輩，重陽送一壺。

這首詩，頭二句盛讚王的愛菊，說自陶淵明以下沒有第二人。三、四句申言愛菊的程度，細寫對菊的愛戀。五、六句寫秋深賞菊，香味、韻味愈高，喻示畫圖者的品格。結尾兩句拓開一步，說飲酒賞花，將是有高趣。

全詩點到了王的取名、興趣、愛好、品格，幾手囊括一切，但又不脫卻詠菊，文字亦清淡雅致，讀來別有意趣。王金英看了非常的喜歡。李調元也很讚賞，在《雨村詩話》裡稱它為近百人題詠中的壓卷之作。

王金英的後來潦倒終生，紀曉嵐十分嘆惜。他當時沒有看到的王詩結集刊出，曾經感嘆道：「霜凋相綠，其稿不知流落何所。」懷念友人之情，溢於言表。

## 「老頭子」新解

紀曉嵐有段時間，在南書房當值。

南書房在乾清宮西南，原是康熙讀書的地方，康熙十六年始選翰林等官入內當值，稱「南書房行走」，負責撰寫文稿，有時亦起草詔令，故曾一度成為發布政令之所在。自雍正間軍機處成立，南書房各官即不再參與機務，專司文詞書畫等事。入值南書房官員，品級不限，只要是翰林出身，尚書、編修、檢討均可充任。因為皇帝常到此處看書，或與大臣議事，所以特意在這裡設了一個御座。

這年夏天，天氣特別炎熱。紀曉嵐本來體胖畏暑，加上氣候反常，更叫他難受。他入值南書房，上身脫得光光的，赤身露體看書、寫文章，同僚有的也如此。

乾隆從太監口中得知南書房官員赤膊露體，便想惡作劇地整治他們。一天，他領著幾個太監悄悄地走近南書房。南書房那些眼尖的官員，從窗外見乾隆來了，急忙穿上衣服。紀曉嵐有些近視，待乾隆快到門口，方才看見。穿衣已來不及，只好躲入御座下，讓桌圍遮蔽自己。

誰知乾隆早已瞧見紀曉嵐的舉動。他一進門，便搖手示意大臣不得說話，他自己不聲不響地坐在御座上，翻看桌上寫好的文章，這樣約莫過了半個時辰。

紀曉嵐躲入御座下，熱得難受，早已大汗淋漓，呼吸困難，見四周沒有動靜，忙伸出頭詢問：「老頭子走了嗎？」

這話一出，引起哄堂大笑。

因為乾隆正坐在他藏身的御座上。眾官員見乾隆捉弄紀曉嵐，本來早已想笑，現見紀曉嵐這副滑稽像，再也忍俊不住，乾隆也笑了起來。

笑過之後，乾隆正色道：「紀昀無禮，何故出此輕薄之言，有解則可，無解則殺。」

眾同僚這下有些緊張，紀曉嵐卻在桌圍內輕輕說：「臣未著衣，不敢見駕。」

乾隆命太監替他穿上衣服，紀曉嵐匍伏於地，乾隆厲聲再問：「老頭子三字何解？」

紀曉嵐忙摘下冠帶，叩頭觸地：「回萬歲，萬壽無疆之謂『老』，頂天立地之謂『頭』，父天母地之謂『子』。」

乾隆本想為難他一下，豈料他把這三字解釋如此「天衣無縫」，想找岔子，也不好說什麼了，只好說：「噢，以後休得無禮。」

自此，乾隆得了一個「老頭子」的雅號，大臣們在背後提到，他也不加責怪。

## 個個草包

乾隆後期，大學士兼軍機大臣和珅，倍受寵信。依靠皇上的庇護，和珅賣官鬻爵，專橫跋扈，驕奢淫逸，廣蓄財產。到嘉慶四年，乾隆帝死後，事發抄出的財產，價值達八萬萬兩銀子。相當於後來甲午庚子賠款的總和，當時民間有「和珅跌倒，嘉慶吃飽」的說法。

紀曉嵐與和珅交往不多，和珅勢焰熏天，他有意回避。但實在看不慣他的貪贓枉法，多行不義。有時想刺他一下，但又壓住自己的火氣。

這年，恰好和珅改建府第，營造花園。和珅有意炫耀，把花園建造得樓台亭閣、假山溪水、奇花異草，應有盡有。為裝點門面，又雕刻名人題字題詞，匯集名家書法。紀曉嵐文才當時已名滿京華，和珅自然也想到了他，請他為涼亭題額。

諷刺和珅的機會到了，但紀曉嵐不動聲色，熱情接待和珅，並感謝他對自己的垂青。鄭重其事地為花園的涼亭題寫了「竹苞」兩個大字。

「竹苞」一語，出自《詩經．小雅．斯干》原詩是歌頌周王宮室的落成。包含「竹苞」二字的句子是「如竹苞矣，如松茂矣」，章為宮室綠竹蒼翠，青松茂密。「如」字作「有」字解。後來便以「竹苞松茂」作為頌揚華屋落成的詞語。紀曉嵐在這裡只寫「竹苞」二字，和珅以為紀故意省略，以求文簡意豐。他看到紀曉嵐對自己畢恭畢敬，又是那樣興致勃勃地為他題字，根本沒有懷疑到紀曉嵐戲謔自己。高興地拿回府去，督工制成金匾，端端正正地懸掛在亭上。

府第落成後，和珅很得意。舉行隆重的落成典禮，大宴賓客。一時間，和府內外，車水馬龍，好不熱鬧。和珅引導賓客四處觀賞，接酶那些文武百官的恭維，心花怒放。有人看到涼亭的「竹苞」二字，覺得其中頗有文章，但看到和珅那得意洋洋、不可一世的架勢，有話也咽下去，笑著點頭稱好。

這時，乾隆帝聞訊，也來湊熱鬧，親臨和府觀禮。乾隆駕到，和珅更感到榮耀。奔前跑後，引導乾隆遊覽。乾隆來到涼亭跟前，細看「竹苞」二字，問是何人所題。和珅回答出自紀曉嵐之手。乾隆聽後，哈哈大笑。

這一笑，把和珅笑糊塗了，忙問：「奴才愚鈍，不知聖上所笑何事，請明示。」

「這是紀昀罵你，」乾隆說，「『竹苞』二字拆開來看，豈不成『個個草包』。」

「呵——」和珅方才明白。

其實乾隆把「竹苞」解成「個個草包」，是聯繫紀曉嵐的性格猜測而來，如單純就「竹苞」二字看，不作如此理解亦可。和珅沒有防備紀曉嵐耍他，所以沒有往這方面猜想。若從漢字的拆合看，當然可以看出來，乾隆只是善領人意而已。

紀曉嵐喜歡玩這樣的文字遊戲。心中不滿沒有別的發洩方式，往往借此而行。和珅有個姓吳的黨羽，原是一位侍郎的管家，因與和珅拉上了關係，後來做了郎中。本無才學，又附庸風雅，多次送禮，強請紀曉嵐題寫對聯。紀曉嵐討厭此人品行，但又不得不應付，於是寫了一副嵌頭聯：

家居化日光天下，

人在春風和氣中。

表面上看，語意很好。實際上下聯首字各嵌一字，合起來為「家人」，係暗罵吳郎中做過別人的家奴與下人等不光彩的出身。如此等等，紀曉嵐的嬉笑怒罵融於他的文字當中。和珅遂因此對紀曉嵐銜恨。

## 戲題

乾隆三十二年丁亥，紀曉嵐把家眷全部從河間老家遷來北京。當時因虎坊橋舊宅，未辦好續還手續，暫時住在錢香樹先生一棟空房子裡。

錢氏穴宅是一棟兩層樓的古老建築，大概由於多年沒人居住，空曠清淨，有人傳言樓上有狐仙居住。錢家下人嚇得不敢上樓，有人上樓不小心滑了一跤，跌腫了臉，還說成是被狐仙修理的。

那時，迷信鬼、狐、神、怪之風很盛，比紀曉嵐稍前的王士禎，和與紀差不多同時的蒲松齡，都在他們各自的筆記小說集《池北偶談》和《聊齋志異》裡記有大量這類故事。紀曉嵐自然相信狐仙之說是真實的。但他生性詼諧，並不害怕狐仙，反倒想開個玩笑試試。於是搬進錢氏空宅後，寫了一首詩，命奴僕貼在樓上，詩云：

草草移家偶遇君，一樓上下且平分。
耽詩自是書生癖，徹夜吟哦莫厭聞。

這詩的意思是，你狐仙住樓上，我住樓下，大家互不干擾，相安無事吧！只是我喜歡吟詩，請你不要責怪。

詩貼出去後，樓上沒有什麼動靜。奴僕以為很有靈驗。高高興興到樓上查看。往日上樓，大家害怕狐仙，不敢久留細看。這次上樓，大家以為狐仙搬走了，細看樓上陳設。突然有一個僕人大叫道：「不好！狐仙在樓板上畫荷花。」

原來滿是灰塵的地板上，斑斑點點，有幾處像是畫的亭亭玉立的荷花。這下大家又緊張起來，呼拉一聲，擁下樓去。

紀曉嵐心想：狐仙既會畫荷花，那就讓他多畫幾支吧。他在樓上放上幾副紙筆，又題詩一首，貼在牆上，詩曰：

仙人果是好樓居，文采風流我不如。
新得吳箋三十幅，可能一一畫芙渠。

意思說，我不如你文采風流，我已設上紙筆，請你在紙上一一畫吧。

那詼諧味仍像上次一樣。可以預料，樓上仍然沒有動靜，紙上沒有畫荷花，原有地板灰塵上的荷花圖案也因近幾日刮風，變得更模糊不清了。

奴僕們以為是題詩的作用。紀曉嵐也自認狐仙敵不過他的才氣，而悻悻然離開了。後來他把這件事告訴友人裘文達，裘笑道：「想不到錢家的狐，原來這樣風雅。」

當時，文人鬼、狐觀念確是很濃，其實這只是以訛傳訛，自欺欺人罷了。不過，它在文人筆下倒敷演出很多故事，這是很有趣的。

# 第三章

# 西域紀行，總編纂官

## 鹽案洩密

乾隆三十三年，爆發了兩淮鹽引案。這是乾隆年間著名的大案之一。其株連之廣，外有總督、巡撫、鹽政、運使，內有侍郎、學士等，主犯與受牽連的共一百多人，被斬決的即有二十多個。

鹽，當時由政府專賣，為便於商人運銷，製訂了運銷鹽的憑證——鹽引。商人憑「鹽引」運銷，領引時交納稅款和鹽價。此事在宋代即已開始，至清，產鹽省份專設鹽政、運使等官，處理鹽務。此時，除發引收款外，還上繳手續費，這手續費也稱鹽引。每二百斤，提引銀三兩。這項收入數目不小。兩淮鹽政每年少則收繳二十多萬兩，多時達五十餘萬兩。

這筆巨額款項，賬目不清。自乾隆十一年提引後，二十二年無人奏報，乾隆也把它忘記在腦後。恰好這年春天，尤撥世當兩淮鹽政，他了解鹽商積弊，也想在其中撈一把，於是向商人索賄，結果未遂，氣惱之下，遂向乾隆奏報鹽務弊情。乾隆至此方大吃一驚，於是揭開了追查鹽案的序幕。

這一、二十年來，擔任兩淮鹽運使的已有多人，如朱續晫、舒隆安、郭一裕、何烟、吳嗣爵、盧見曾、普福。盧見曾是五年前離任的。他是康熙年間的進士，頗有文名，到乾隆時已是很有影響的文壇耆老。此人樂善好施，廣交名士，賓客往來，饋贈豐厚。他的這種生活狀況，光靠官俸是應酬不了的。他見前任均有侵吞公款行為，無人查問，於是也從中撈幾把，以解手頭的拮据。孰料竟是此次清查重點對象之一，按律應抄家問罪。

紀曉嵐本與鹽案無關，恰好他的二女兒紀韻華嫁給盧見曾的孫子盧蔭文。這下本想不受牽連也被牽連進去。

紀韻華的生母是郭彩符，她是紀曉嵐心愛的侍姬，自十三歲就在紀身邊，現已侍候紀曉嵐二十多年。她心疼女兒，向紀曉嵐求情設法。紀曉嵐再保持冷靜，也不能不心動了。

紀曉嵐急速地思考對策。他覺得如果公開通報消息，必招致大禍，如果不早通報盧家，公款補不齊，罪過更重，遇抄家損失也更大。他左右為難，思來想去，終於想出了一個辦法。——他把一撮茶葉，塞進一個空信封，外面用漿糊和鹽封固，信封內外不著字，打發人急送至盧見曾家中。

盧見曾致仕歸里，住在山東德州老家，接到紀曉嵐送來的空白信封，驚愕不解。拆開封口，把茶葉倒在桌子上，反覆揣測，方明白其中用意：「鹽案虧空查（茶）封。」

於是，盧見曾急忙補齊了公款，又把剩餘的財產分散轉移。待查抄的人到來，這裡一切都準備停當了。

紀曉嵐原以為此事神不知鬼不覺，誰知早已銜恨的和珅，已在暗中打探。查抄時把信封拿到手，是誰送的也探聽明白。一本奏到乾隆那裡。

乾隆很生氣，把紀曉嵐召進宮中，責問他用什麼方法洩密。乾隆只看到一個內外不著一字的信封，不知他用什麼計謀洩密。

紀曉嵐原想隱瞞，但見事已如此，隱瞞無益，不如承認反倒可能招來寬恕，於是如實地把情況稟告乾隆。乾隆邊聽、邊點頭。

說完，紀曉嵐忙摘下頂戴，匍伏於地，奏道：

「皇上嚴於法，合乎天理之大公，臣惓惓私情，猶蹈人倫陋習。臣請聖上發落。」

這幾句話很得體，乾隆聽了很受用。他想起紀曉嵐人才難得，又在內廷走動多年，不忍加戮，於是在案卷上批下幾個小字：

「紀昀從輕謫戍烏魯木齊。」

突然而來的一場災難，就這樣以充軍烏魯木齊而結束。和珅本想借此砍下紀曉嵐的腦袋，想不到乾隆却大發慈悲寬恕了他，也只好作罷。

關於紀曉嵐鹽案洩密的途徑，還有另外一種說法——

據李伯元《南亭筆記》載，當時查抄盧家的消息傳出，紀曉嵐正在內廷，急得不知如何通報。忙把他的小兒子叫到跟前，在他的手上寫一個「少」字，叫他趕去盧家，以掌中的字給盧看。盧見手上只有一「少」字，頓悟手字加少字為一「抄」字。於是急作準備。

此說當然也是表現紀曉嵐的機智，但從實情看，可能性小，因為小兒子無職銜，不能隨便入宮，這是其一。其二，手上寫有字，要趕到盧家，盧家距離遙遠，無人伴送，也無法成行，所以這只是想像附會而已。

## 塞外紀行

紀曉嵐謫戍烏魯木齊，以罪人的身份在軍中掌管文日。那時充軍塞外，當時的地方官有很大權力，可以任意分配苦役，也可分給輕鬆工作，也可以找藉口殺頭，也可以軍功保你為官。紀曉嵐幸好遇上都統溫福和以及接替溫的辦事大臣巴彥弼。兩人都傾慕紀曉嵐文才，不但沒有為難紀曉嵐，反而十分體恤。但公務繁忙，案牘勞頓，紀曉嵐很少寫詩。有時得一聯一句，也境過則忘，很少存留。

乾隆辛卯，召還東歸。這時正是初春，雪消路滑，夜深地凍後方便于行走。白天滯留旅館，晝長無事，於是作詩。從巴里坤至哈密得詩一六〇餘首，若名《烏魯木齊雜詩》。

東歸的路上，紀曉嵐的心情是複雜的。他感念皇恩，僅調戍兩年即被召還。他感到生活的充實，兩年多的軍旅生活，使他看到塞外的奇異風光，邊疆的風土民情，以及平定回部後新疆的變化。他把這一切，都一一寫進《雜詩》裡。

西北邊陲的風土民情，是《雜詩》反映最為突出的部分。紀曉嵐以自己的親身經歷娓娓道來，令人趣味盎然。

伊犁城中沒有水井，毋須像別處一樣用吊缸挽水。地下水向西流，靠開河引灌，啟閉由人，詩人寫道：

半城高阜半城低，城外清泉盡向西。
金井銀床無用處，隨心引取到花畦。

烏魯木齊富商大賈聚居舊城，南北二關，夜市罷後，往往吹彈歌唱，以慰辛勞，詩人見之，記曰：

纏肆鱗鱗兩面分，門前客柳綠如雲。
庭深燈火人歸後，幾處琵琶月下聞。

西域人嗜飲，酒量極大，耗酒量高。酒商酒販來售，每年得利銀二萬。紀曉嵐以風趣的口吻吟道：

一路青帘掛柳陰，西人總愛醉鄉深。
誰云山郡才如斗。酒債年年二萬金。

西北地區多蟋蟀，但無人畜養。鬪蟋蟀之戰，邊陲不見。紀曉嵐記道：

翦翦西風院落深，夜涼是處有蛩音。
秦人不解金籠戲，一任籬根徹曉吟。

北疆花間，時逢黃蝶，體態很小，不及銅錢。紀曉嵐記曰：

蛺蝶花邊又柳邊，晚春籬落早秋天。
只憐翎粉無多少，葉葉黃衣小似錢。

烏魯木齊有鳥曰《鑽天嘯》，每天四更即起長鳴，有如內地雄雞報曉，各軍屯皆以此為起床和出工之時間，紀曉嵐記道：

荒屯那得汝南雞，春夢迷離睡似泥。

山鳥一聲天半落，卻來相喚把鋤犁。

北疆人喜歡畜狗，家家有之，至暮多升屋而蹲，一犬吠眾犬和，滿城響答，徹夜不休。紀曉嵐寫道：

麗譙未用夜誰何，寒犬霜牙利似磨。
只怪深更齊吠影，不容好夢到南柯。

烏魯木齊的居民有五種，由內地募往耕種和自住塞外認墾的稱民戶，因行商而認墾的稱商戶，由軍士子弟認墾的稱兵戶，原擬邊外為民的稱安插戶，發往當地為奴當差年滿為民的稱遺戶。五種民戶各設《戶頭》、《鄉約》統領，權事頗重。紀曉嵐記道：

戶籍題名五種分，雖然同住不同群。
就中多賴鄉三老，雀鼠時時與解紛。

這種風土民情的描述，給人以耳目一新之感。

詩人的目光還注意到烏魯木齊的礦藏物產以及設備簡陋的廠礦，如煉鐵：

溫泉東畔火熒熒，撲面山風鐵氣腥。
只怪紅爐三度煉，十分才剩一分零。

此記城北二十里的鐵廠，礦石石性太重，每百斤生鐵僅煉熟鐵十三斤。再看採煤：

鑿破雲根石竇開，朝朝煤戶到城來。
北山更比西山好，須辨寒爐一夜灰。

這是記北山、西山煤質不同。北山煤焚之無煙，嗅之無味，易燃而難燼，灰白如雪，可供熏爐用。西山煤石性重，不易燃，灰黃色，只可作炊煮之用。

雲母窗欞片片明，往來人在鏡中行。
七盤峻坂頑如鐵，山骨何緣似水晶。

雲母，當地土人稱寒水石。雲母透明，用以糊窗，澄明如鏡，此紀七盤嶺雲母石之豐富。此外，彩硝、彩塩、采金等均有記述。

乾隆朝平定新疆回部叛亂後，為解決駐軍的軍糧和發展農業，決定在新疆屯田墾荒。紀曉嵐充軍的烏魯木齊已成為屯田中心，所轄已有三十四屯，屯卒五千七百多人。這一派欣欣向榮的景象，紀曉嵐在《雜詩》中也有反映。

秋千春麥隴相運，綠到晶河路幾千。
三十四屯如繡錯，何勞轉粟上青天。

這是描述良田千頃，庄稼長勢喜人，豐收在望的景況。

藍帳青裙烏角簪，半操北語半南音。
秋來多少流人婦，僑往城南小巷深。

此指在眾多的屯田大軍中，不但有男人，還有為數不少的婦女。

十里春疇雪作泥，不須分隴不須畦。
珠璣信手紛紛落，一樣新秧出水齊。

這是寫粗放春播方式。西北地區地廣人稀，多採取輪作方法，以息地力。播種時以手撒，疏密不定。在紀曉嵐的筆下，呈現出西北各族人民奮發開墾邊疆的圖景。

凡在西域目睹的文物古跡，紀曉嵐也紀入《雜詩》，這些詩作為蕃漢交往及烏魯木齊等地的歸屬提供了證明。如哈拉火卓石壁上所刻《火州》二字：

古跡微茫半莫求，龍沙與記定誰收。
如何千尺青岩上，殘字分明認火州。

《火州》之名始于唐代，宋、金、明三代疆域不及此地。據錢大昕考證，此刻當是元代維吾爾部所為。維吾爾部曾分轄此地，這說明烏魯木齊一帶在元代曾一度屬王朝的版圖。

築城掘土土深深，邪許相呼萬杵音。
怪事一聲曾注目，半鈎新月蘚花侵。

這是寫昌吉築城掘得一只女弓鞋。此鞋製作精巧，緞面繡花，埋入土中五尺多深，算來至少也有幾十年。烏魯女子不纏足，何來這種僅三寸許的女弓鞋；當是漢族傳入，蕃漢之間交往于茲可見。

紀曉嵐的筆觸涉及面極廣，除上述諸方面外，尚記有不少能工巧匠，歌舞藝人，花鳥蟲魚，及奇異的動植物等。能工巧匠如：善釀醋的茹黑虎，善造酒的夏髯長，善養花的黃寶田，精修鐘表的道方正。奇花異草如：生於沙灘（一叢數百莖）的笈笈草，五色俱備、巨如芍藥的虞美人花，自生林中的皂莢花，甘脆如梨的黃芽菜。毒蟲野獸如：身大如牛的野豬，螫人立斃的八蠟蟲，消滅不絕的壁虱等等。

《烏魯木齊雜詩》全是七言絕言，每首詩後附有背景說明。詩與說明合璧共同顯示生活畫面。每首詩各自獨立，匯合起來而又從不同角度組合成一幅色彩斑斕的西北邊陲風情圖，它具有文學和史料雙重價值。

錢大昕是第一個閱讀整個《烏魯木齊雜詩》的人。當乾隆辛卯六月紀曉嵐到達北京，前來迎候的錢大昕，就從紀曉嵐手中得到了《雜詩》。

他後來在《烏魯木齊雜詩》跋語中評論說：

> 讀之，聲調流美，出入三唐。而敘次風土人物，歷歷可見，無鬱鬱愁苦之音，而有從容渾脫之趣。
>
> 它日采風謠志輿地者，將於斯乎徵信，夫豈與尋常牽綴土風者同日而道哉。

這種評論是出自肺腑之言，是十分中肯的。

## 仙筆

紀曉嵐愛寫詩，但隨作隨棄，不計存留，境過則忘。可是棄者無心，聽者有意，有首詩竟鬼使神差地流傳民間，因不明作者，誤傳為「仙筆」。

那是在謫戍烏魯木齊軍幕中事——

軍幕中有一員副將，叫毛功加。胸懷壯志，屢建戰功。因性格耿直粗邁，不受上司賞識，年近花甲，頭髮灰白，仍得不到升遷。心中不快，杯酒下肚，便與紀曉嵐滔滔不絕談自己奇險經歷和人生感慨。紀曉嵐受到感染，當即賦詩一首，贈毛將軍，詩曰——

雄心老去漸頹唐，醉臥將軍古戰場。
半夜醒來吹鐵笛，滿天明月滿林霜。

詩中塑造了一個渴望建功立業的老將軍形象，又展現出塞外軍旅的艱苦，充滿豪情。毛將軍是個粗人，不懂詩，只是稱讚了一番，並沒有把詩抄寫帶走。紀曉嵐也未在意，事後幾乎忘卻。

過了一段時間，紀曉嵐的朋友楊逢元來訪，楊與紀曉嵐為同年進士，名書法家，二人相交甚厚，無話不談。這時偶然談及寫詩之事，楊逢元問：「近日尊兄可有大作？」

紀曉嵐說：「大作則無，小詩倒有一首。」

於是，便把贈毛將軍詩念給他聽，兩人品評了一番，然後別去。

不久，楊逢元遊城北關帝廟，見壁上題詩不少，他一時興起，便將紀曉嵐贈毛將軍詩，題於壁上，末尾沒有署任何名姓。

恰好這時有一雲遊道士經過。道士精通文墨，見此詩頗有唐人邊塞詩風味，大為讚賞。細看之下，又未發現署有作者或書寫者姓名，而詩作和書法皆精妙，遂疑為神仙所作，四處傳講。於是沸沸揚揚，引起一番轟動，湧來不少賞詩者。

紀曉嵐和楊迎元得悉這件事，心中暗笑，但兩人都不願說破。紀曉嵐名氣大，怕別人求詩；楊逢元書法名世，怕別人求字。而紀、楊周圍的朋友，都知道紀曉嵐能詩但不擅書法，楊逢元擅書法又不善詩，而今所傳詩，詩和書法皆精，故誰也沒有想到是他們兩人鬼使神差的所作所為。

到乾隆三十六年春，紀曉嵐受命回京師。在餞行的宴會上，大家又談及此事。

紀曉嵐這時，實在忍不住，哈哈大笑道：「此乃下官所為，楊兄相戲耳。」

仙筆之說，至此方真相大白。

這種傳言，前人也有。南宋時，福建人林外在西湖寫的一首詩，因未署姓名，也誤傳為仙筆。元代王黃華在山西刻的一首詩，後摹刻於雲南，也傳為仙筆。

## 義犬四兒

紀曉嵐很少替人題寫墓碑，但卻曾經為一隻狗題有《義犬四兒之墓》幾個大字，赫然地豎在那裡，讓過路人十分驚訝。這事，說來話長——

「四兒」是紀曉嵐謫居烏魯木齊時，翟孝廉送給他的一條黑犬，長得高大機靈，跟隨紀曉嵐多年，紀曉嵐走到哪裡，牠跟到那裡。公餘閒暇，成為紀曉嵐不可缺少的伙伴。

乾隆三十六年，紀曉嵐詔還京師。隨從四輛車，幾個僕從。紀曉嵐原想長途跋涉，四兒不宜跟去，趕牠離開。誰知趕一次返回一次，趕一次返回一次，一直跟隨軍隊。

沿途，四兒牢牢守護行篋，拿取物品非紀曉嵐親取不可，僕眾靠近也不允，外人近看則直立狂吠。一日，過七達嶺。那山曲折陡峻，迴環七重，行走困難。時天已曛黑，四輛車子，有兩輛到達嶺北，尚有兩輛留在嶺南，物分兩處，照顧困難，大家都很焦急。無意中，大家發現，四兒早已站立山頂，左右迴望，看護兩處車輛。

「呵——」奴僕們驚叫起來。

紀曉嵐唸道：「難得牠如此。」感慨地寫下兩首詩——

歸路無煩汝寄書，風餐露宿且隨予；
夜深奴子酣眠後，為守東行數輛車。

空山日日忍飢行。冰雪崎嶇百廿程。
我已無官何所戀，可憐汝亦大痴生。

他這是感念四兒的忠心，也是嘆惜自己的漂泊。

回到京師家中，紀曉嵐對這條立功的黑犬，更為喜愛，四兒也似乎懂得主人的心意，司夜更為忠實。可是返家不到一年，四兒卻突然暴死。

紀曉嵐大驚，詢問原因，有奴僕說是盜賊投毒。紀曉嵐心想，盜賊未入庭院，何來投毒？多半是惡僕所為，經查，果然如此。因為四兒守夜很嚴，貪拿主人財物的僕人嫌牠礙事，便故意投毒。

這事，紀曉嵐很氣憤，鄭重其事地把四兒埋葬，堆墓立碑，提筆寫下碑名，當時他還打算雕塑四個奴僕模樣的石像，跪在四兒墓前，經友人勸阻，才罷休。

紀曉嵐對四兒實在難忘，覺得牠的忠心可嘉，有的奴僕，心思奸詐，遠不如獸類為教戒奴僕，他在奴僕居室上，大為《師犬堂》二字。

卑微的家畜，博得大翰林如此眷顧，當然是由於牠的忠誠。這種有關義犬的見聞，前人或同時代人也有記述，如蒲松齡《聊齋志異》即有兩則義犬的故事：

一則說，某甲失落贖父出獄的一百兩銀子，所養黑犬在他騎行的馬前狂吠不止。某甲不知何意，揮鞭驅逐，後發現銀兩失落，方悟黑犬所為，急回馬尋找，路旁雜草間，黑犬正伏在裏銀的包袱上。

一則說，某賈經商獲利，乘船歸家。船主見其身懷重金，蕩舟入莽，將其捆縛投水。隨從家犬躍入水中，把他負出水面，並從改裝的舟楫中認出凶手。

這兩則故事，不管是真是假，但所寫的事件與紀曉嵐親身經歷相類似，可為紀曉嵐的經歷佐証。大凡畜類也有靈性，與人相處日久。似亦有相通之處。

## 侍姬郭彩符

紀曉嵐的情愛生活，雖是擁紅偎翠，但也不乏苦味。先是剛成年時渴望文鸞而未得，二十多年後，又與正當盛年而又共過患難的侍姬郭彩符訣別。

郭彩符，山西大同人，其父流寓天津。母親生她時，做夢在端午節買了一支彩符，便將她取了這個名字。她十三歲就在紀曉嵐身邊，因容貌姣好，善於理家，深得紀曉嵐和夫人馬氏眷愛。

可是，正當家庭生活溫馨的時候，乾隆三十三年，兩淮鹽案事發。郭彩符的女兒紀韻華恰好嫁給前任兩淮鹽運使盧見曾的孫子盧蔭文。盧見曾挪用公款，按律要抄家治罪。這下給紀家帶來了很大的恐慌，郭彩符心疼女兒，哭著求紀曉嵐設法。紀曉嵐做巧計通知盧見曾補虧空轉移財產。不料此事被與紀曉嵐有隙的和珅發覺，告到乾隆那兒，結果被貶烏魯木齊。

紀曉嵐被貶，給郭彩符沉重一擊。她原想排解女兒家難，孰料一事未了，反添一事。自此便添了一樁心病。加之紀曉嵐被貶，削去俸祿，紀家生計也陷入困頓。而馬夫人又因受驚病倒，管理家政的重擔又全落在她一人肩上。她除了細心照料馬夫人的病，還要操持家務，又耽心遠在西域受苦的丈夫，實在難以承受。待馬夫人病癒後，她終因勞累過度，病倒了。

偏偏在這時又出了一件事。

這年，紀曉嵐的大兒子紀汝佶得病身亡。紀曉嵐離家時，紀汝佶已二十三、四歲，本來應由他主家政，但他對此和科考都不感興趣。馬夫人只好安排他到紀曉嵐門生朱子穎的泰安知府住所。結果在那裡迷戀上蒲松齡寫的《聊齋志異》，並模仿著創作，不久即患重病。

紀汝佶的死，給郭彩符又是一個重大打擊。

她覺得如果紀曉嵐不離開，就不會出現這樣的局面。而紀曉嵐的離開，卻與自己有關，她始終有一種負罪感，越想越覺得對不住丈夫，於是病情更日見沉重起來。

乾隆三十六年（一七七一年），紀曉嵐詔還京師的消息傳來，郭彩符很興奮。但又耽心自己的病體等不到紀曉嵐歸來，忙派人到關帝廟求籤問訊。籤上說：

喜鵲檐前報好音，知君千里有歸心。
繡幃重結鴛鴦帶，葉落霜凋寒色侵。

意思是紀曉嵐可能在秋冬之際歸來，但末一句不太吉利。

「只要見到老爺平安回來，我死了也甘心。」郭彩符說。

這年六月，紀曉嵐終於平安回到北京。郭彩符望著日夜渴想丈夫，忘記病體的虛弱，幾個快步，撲到紀曉嵐懷裡。紀曉嵐抱著這位辛苦操勞的侍妾，既心疼又感激，連說：

「辛苦你了。」

之後，忙派人四處求醫治病，可是人間並無不死藥，世上那有還魂香。郭彩符終因病勢沉重，來不及救治，於次年三月撒手人寰，死時年僅三十七歲。

紀曉嵐從烏魯木齊東歸不到一年，就眼看著患難與共的愛妾死去，肝腸寸斷。撿點她的遺物時，淚如雨下，沉痛地寫下了下面兩首詩。詩中充滿了哀傷與懷念——

風花還點舊羅衣，惆悵酴醿片片飛。
恰記香山居士語：春隨樊素一時歸。

百褶湘裙颭畫欄，臨風還憶步姍姍。
明知神讖曾先定，終惜芙蓉不耐寒。

## 難得的總纂官

乾隆中期編纂大型百科叢書《四庫全書》，是中國文化史上空前未有的浩大工程。如果從乾隆三十七年徵書時算起，到乾隆五十五年七部《四庫全書》全部繕寫完畢為止，前後歷時十八個年頭。

《四庫全書》共收書三千五百零三種，七萬九千三百三十七卷，另有存目六千七百九十三種，九萬三千五百五十一卷。分抄成七部。第一部藏於紫禁城內的文淵閣，此後的六部分藏在瀋陽故宮的文溯閣、圓明園內的文源閣、承德避暑山莊的文津閣、揚州大觀堂的文匯閣、鎮江金山寺的文宗閣、杭州聖因寺行宮的文瀾閣。全書工筆抄寫，裝幀精美。書的封面，北四閣所藏之書，經部綠色，史部紅色，子部藍色，集部灰色，簡明目錄為黃色。全書用墨筆抄寫，宣紙朱欄，每頁十六行，每行二十一字，魚尾下標注書名、卷前及頁數，紅框白口，天寬地闊，確係空前壯舉。

為編纂這部叢書，設立了一個專門機構——四庫全書館。館中首設總裁、副總裁，下設總纂、提調、總閱、總校、繕寫、監造各處。經史子集四部，又各有分校官、纂修官。當時著名學者戴震、邵晉涵、周永年擔任過經部、史部、子部負責人。各部分的分校官、纂修官，計有三百多人，謄錄員一千人，總共有四千三百多人參與其事。其編輯規模之大，可以說在封建時代是空前絕後的。

在一大批負責官員中，先後有親王、郡王、內閣大學士，各閣領事、各部尚書永瑢、永璇、劉統勛、劉倫、于敏中、阿桂、福康安、和珅、裘日修等十六人擔任總裁官，副總裁曾也先後有梁國治、曹秀先、張若溎、劉墉、王杰、彭元瑞、金簡、董浩、曹文植、沈初、錢汝成、李友榮等十二人之多。其餘各部官員，在十餘年的編纂中，也有變換。唯獨總纂官一職，始終由紀曉嵐一人擔任，這是一個關鍵性的職位，是真正負責實際編纂工作的領導者。

人才難得，乾隆在物色人選時，列數朝中名儒，沒有一人能充當此任。他深知此人不僅需要學富五車，名揚海內，而且需要年富力強，博聞強記，否則不足當此重任。這樣的奇才到哪兒找呢？當時四十餘歲的紀曉嵐正因鹽案泄密事，獲罪謫戍烏魯木齊軍中服役，充當一個小小的文書，乾隆一時沒有想到他。

乾隆左思右想實在決定不下總纂官的這一人選。於是，把東閣大特士兼軍機大臣劉統勛召進宮中，由群臣廷議此事。

乾隆問道：「編纂《四庫全書》乃千秋偉業，總纂一職至關重要，由誰充任，卿等有何高見？」

劉統勛是紀曉嵐的座師，他與兒子劉墉與紀是莫逆之交。他明白總纂一職，紀曉嵐具備的條件最完整。紀曉嵐學問淵博，睿智機敏，又值壯年，並深得乾隆寵信，由他擔任最為適合。但眼下他正在烏魯木齊軍中服罪，不能貿然推薦，於是站在下面默不作聲，等待時機。

有幾個大臣推舉了幾個人，乾隆搖頭，示意不可。他見劉統勛不說話，便把眼光投向他，發話道：

「卿在朝多年，滿朝文武皆熟，難道以中國之大，竟無一人當此重任？」

劉統勛見乾隆確實求賢若渴，覺得開釋紀曉嵐的機會已到，便試探道：

「聖上英明，四夷臣服，文治武功皆勝往昔，國中豈無傑出人才，只是眼下此人並不在朝廷而已。」

乾隆見劉統勛話中有話，急急問道：

「此人是誰？可當此重任，卿可快快奏來。」

「依老臣愚見，前侍讀學士紀曉嵐可當此重任。只是他一時糊塗，獲罪遠謫，還望聖上垂憐。」劉統勛奏道。

聽完劉統勛的話，乾隆沉默了片刻。他想起了這位曠世奇才，這兩年沒有他在內廷走動，樂趣少了許多。但他又確實有罪當罰，謫戍已是輕處，若再赦免，他的對手和珅等豈肯甘休。而眼下又確係用人之際，豈能因小犯而誤大事。

想到這裡，他已有開釋之意，但還是正色道：

「老愛卿莫非有意為紀昀說情？」

這是做給和珅一幫人「看」的，懷示對紀並非輕饒，又逼劉把話說得更為明白。

劉統勛立即跪下奏

「老臣不敢。臣蒙聖上垂青，服官數十年，時時以國事為重，豈敢循情。今聖上用人之際，臣思古人『內舉不避親，外舉不避仇』，故直言以陳。」

這說得得體，廷內群臣個個有贊同的神色，乾隆見時機成熟，便順水推舟，說道：

「依卿所奏，朕赦紀昀回京。」

在這樣的情況下，和珅一幫人無話可說。紀曉嵐已服罪兩年多，且當今是用人之際，不好再給紀曉嵐難堪。於是在乾隆三十六年，紀曉嵐便奉詔回到京師。

回到北京，起初，紀曉嵐只是恢復翰林院編修的職務，不久升侍讀學士，乾隆三十八年，四庫全書館開館，正式擔任總纂官。

編纂《四庫全書》不是一件簡單的事。典籍浩如煙海，諸子百家、天文地理、醫卜星相、數理律法、詩詞戲曲，無所不包。選書、校勘、刪定，工作極其繁重，而且責任重大。紀曉嵐有條不紊地一一加以處理。他工作勤勉，在復勘文津閣的藏本時，查出謄寫錯漏、偏謬之書各六十一部，漏寫《永樂大典》三部，漏寫遺書八部，繕寫未全者三部，坊本抵換者五部，文字舛謬者一千餘條。對待屬下校勘的疏忽，要求很也嚴。發現互相推諉，親自查問。遇上那些死皮賴臉不認賬的，他在牆壁上題詩警告，有首詩曰：

> 張冠李戴且休談，李老生生聽我言。
> 畢竟尊冠何處去，他人戴著也銜冤。

此詩幽默中滿含嚴厲。

編《四庫全書》，乾隆親自過問，發現差錯，輕則經濟制裁，重則免官。受處分的官員中，以總校官陸費墀最重。南三閣所藏之書，因校對之誤，乾隆命令文瀾閣、文匯閣、文宗閣三閣藏書的面頁、木匣費用，全由陸出資，這還不算，還下吏議奪職，致使陸費墀在憂愁中死去。副總纂陸錫熊也是如此。因校對不嚴，諭命他負擔大部分重校繕寫費用，還命他去奉天校正文溯閣藏書，沒等校完，陸也就死在奉天了。

紀曉嵐最幸運，他除了受到輕微的經濟制裁，別的事被諭令免議。乾隆明白，亂打棍子，成不了氣候，這保證了紀曉嵐盡心編書。時代和英主促成紀曉嵐完成這項盛舉。

## 受賜宮女

四庫書館的總纂之所，設在圓明園新建的文源閣。這裡距紀曉嵐城內住宅有二十多里，往返當值不方便。於是在海淀買下一所房舍，這就是《閱微草堂筆記》中稱作的「槐西老屋」。因係臨時住所，只攜侍妾明玕和丫環玉台住在這裡。

槐西老屋雖距圓明園很近，但紀曉嵐卻不是每天回家住宿。當編校典籍遇到難題，或為乾隆代寫文章，常常留宿宮中。乾隆四十六年，《四庫提要》初搞完成，第一部《四庫全書》也即將告竣，這時乾隆為御制序文著急。他原想親自動手，但才力不夠，讓別人代筆，又恐旁人知道，只好讓紀曉嵐捉刀，晚上把他留在御書房商量。

那天，紀曉嵐已是四、五晚沒有回家。四、五晚沒有回家，這對旁人來說算不了什麼，對紀曉嵐來說卻是件苦事。紀曉嵐精力充沛，身體強壯，這時雖已五十多歲，但夜夜離不開女人。清人采蘅子《蟲鳴漫錄》卷二裡說：「近世紀文達公日必五度，否則病。」一日五次是如何分配呢？采蘅子說：「五鼓入朝一次，歸寓一次，年間一次，薄暮一次，臨臥一次。」這只是「例行公事」，如果加上乘興和即興交歡，那次數就更多了，紀曉嵐真是精力過人。這天他早上醒來，記憶裡還殘留著與明玕相戲的夢境，發覺雙目紅腫。

入館當值，王文治第一個發現他的變化：紀曉嵐臉色潮紅，兩眼紅腫如桃，血絲密布。王文治明白，紀曉嵐數晚未歸，耐不住了。便笑道：「風流大學士，露原形了。」

紀曉嵐沒有理會王文治的嘲笑。他想，這幾日沒有回家，怎麼表露得這樣。同事間的玩笑那倒沒有什麼，要是讓聖上知道那就難堪了。正想到這裡，恰好乾隆駕到。

乾隆總愛悄悄地來到大臣身邊，不讓人事先通報。他駕臨這裡，發現紀曉嵐一夜之間，變成這副模樣，非常詫異，問道：「愛卿何以致此？」

「這……」紀曉嵐紅著臉，不便啟齒。平時口齒靈利的他，頓時木訥起來。

乾隆以為他撰文辛勞，不好意思當面表功，於是叫他有話直話何妨！

「微臣不敢，恐辱聖聽。」紀曉嵐道。

乾隆示意眾人退下，笑道：「卿有何難言之隱，說吧！」

乾隆一定要問個究竟，紀曉嵐被逼沒有辦法，只好跪在地上，如實奏明：

「臣不習獨宿，否則便雙目紅腫。近幾日未能回家，故……」

乾隆的好奇心很強，聽到這話，不覺哈哈大笑，連說：「如此何不早說。」

乾隆走後，王文治和陸錫熊把紀曉嵐打趣了一番。正在說笑間，忽報紀曉嵐接旨。

一個領頭的太監，手捧聖旨，宣讀道：

「奉天承運，皇帝詔曰：『文章華國，千古立心，紀卿能善體朕意，勞心焦思，盡瘁館務，忠勤可嘉，著將宮女藹雲、卉倩二人，賜為侍姬，以慰辛勞，欽此。』」

紀曉嵐一開始聽說聖旨到，不知是凶是吉，心中十五個吊桶七上八下。現見如此，忙叩頭謝恩。宮女藹雲、卉倩長得嫵媚動人，笑吟吟地走向前來，向紀曉嵐施禮問安。

紀曉嵐平空得到兩個漂亮的宮女，心花怒放。但在這種場面下，一向幽默風趣、喜捉弄別人的他，也變得侷促不安起來。

王文治笑道：「紀大學士的眼疾，有這兩位御醫，包管藥到病除。」

陸錫熊說道：「小心，別成了藥渣。」

「哈哈哈！」總纂所裡的人笑作一團。

自此，藹雲、卉倩就在紀曉嵐身邊，成為他另外兩房侍妾。

## 喜得佚詩

紀曉嵐文人氣息畢生不減。編撰《四庫全書》時，前後十餘年，由編修升至禮部尚書，文人的習慣始終保留。

為編《四庫全書》查找秘籍，他曾四進承德避署山莊。有一次，在山莊撿點自己的書稿，忽然從書中掉出一張紙條，他撿起來一看，大叫起來：「找到了，找到了。沉煙數百年，終見於世，豈非貞魂怨魄，精貫三光，有不可磨滅者乎。」

同僚見他這樣高興，不知何故，惘然地望著他。

原來他見到的是幾年前從《永樂大典》中抄錄出的一首不見傳本的佚詩。此詩抄後夾入書中，後書被人搬動，竟忘記夾在那一本，多次查找，均無所獲。現偶然得到，豈不令他高興。這首詩題名《李芳樹刺血詩》，沒有注明朝代，也未說明李芳樹是什麼人，更未注明為何而作。當時陸錫熊為它作了一次小小的考證。根據詩在諸詩中的排列次序，斷定李芳樹為宋人。即使是宋人，到清乾隆間，也已幾百年了。詩作纏綿悱惻，宛轉哀怨，與漢樂府《孔雀東南飛》頗為類似，紀曉嵐非常珍愛。詩云——

去去復去去，淒惻門前路。

行行重行行，輾轉猶含情。

含情一回道，見我窗前柳；
柳北是高樓，珠帘半上鈎。
昨為樓上女，帘下調鸚鵡；
今為牆外人，紅淚沾羅巾。
牆外與樓上，相去無十丈；
云何尺咫間，如隔千重山？
悲哉兩決絕，從此終天別。
別鶴空徘徊，誰念鳴聲哀！
徘徊日欲晚，決意投身返。
千裂湘裙裾，泣寄稿砧書。
可憐帛一尺，字字血痕赤。
一字一酸吟，舊愛牽人心。
君如收覆水，妾罪甘鞭捶。
不然死君前，終勝生棄捐。
死亦無別語，願葬君家土。
倘化斷腸花，猶得生君家。

這首詩寫得何等淒怨，難怪紀曉嵐愛不釋手了。

## 兩腳書庫

一般人只知道紀曉嵐有一個紀大烟袋的雅號，殊不知他還有另外一個雅號——兩腳書庫。紀大烟袋指的是他吸菸量大，兩腳書庫是說他無書不讀，過目不忘。世上任何大才，都不敢誇口無書不讀。可是紀曉嵐卻敢誇下這個海口。這是時勢和機會賜與他的。

紀曉嵐領修《四庫全書》，要把自古至乾隆中期所有典籍搜集整理，確定應刊、應抄、應存，而且又對刊入四庫的三千四百五十八種書和保存書目的六千七百八十八種書，撰寫提要，撮舉大凡，敘述源流，考訂真偽，這勢必遍覽天下群籍，方能舉事。所以什麼宮中秘籍，藏家珍典，都在紀曉嵐閱讀之列。同時代人誰也比不上他，這使他成為中國歷史上少有的通儒。他自己也很自豪，在《自題校刊四庫全書硯》一詩中說：

檢校牙籤十萬餘，濡毫滴渴玉蟾蜍。
汗青頭白休相笑，曾讀人間未見書。

這不是吹噓而是事實，同朝文士都對他十分敬佩。可是這話傳到乾隆耳朵裡，乾隆卻有些不高興，覺得他過於自誇，便想問個究竟，一日，乾隆問道：

「紀愛卿，你學問淵博，遍覽群籍，至今還有什麼書沒有讀過？」

乾隆先試探性地問，看紀曉嵐如何對答。

紀曉嵐隨侍乾隆很多年，說話隨意慣了，一時興起，便說道：

「啟稟聖上，臣似乎無書不讀。」

話剛出口，紀曉嵐便覺得說溜了嘴，但話已出口，收不回來，只好等待乾隆發落。

乾隆笑笑，說：「既如此，朕明日讓你背一部書。」

紀曉嵐知道，這下捅了漏子。天下那麼多書，那有都能看過。即使閱讀過，重要的方能背誦，次要的也要背得一字不差是不可能的，更何況還有許多雜七雜八沒入流的書，如果任取一本，哪怎能對付？下不了台倒不要緊，可觸怒聖上，吃罪不起。左思右想，不知如何是好。

回到海淀槐西老屋，侍妾明玕見他悶悶不樂，忙問何事。紀曉嵐告訴她事情原委，明玕也替他著急。明玕是郭彩符死後新娶的侍妾，俊俏機敏，原本不通文墨，在紀曉嵐的調教下，讀了不少書，也能吟詩作對。她耽心紀曉嵐難過關，問這問那，搬來一大堆書，最後把一部《皇曆》從書架上取下來，說道：

「老爺，聖上是有意難你，你讀過的書不會讓你背，這部書你從未動過，何不讀讀。」

紀曉嵐起初覺得明玕要他讀曆書，覺得可笑，但轉念一想，似乎也有道理，於是接過來翻閱。

這天晚上，乾隆也在考慮此事。乾隆覺得紀曉嵐敏而好學，遍覽群籍，經、史、子、集難不倒他，只有從不能入流的書中打主意。恰好這時一個太監走過來，手中拿著一本《皇曆》。乾隆一見，忙把它拿過來，心想，這東西紀昀可能沒有讀過，何不一試。

第二天早朝罷後，留下紀曉嵐背書。乾隆沒有料到紀曉嵐剛好熟讀了此書，結果當他翻到那一頁，紀曉嵐就能背出那一頁的內容。這下乾隆沒有什麼話說，當紀曉嵐背完後，乾隆笑道：「紀愛卿果然名不虛傳，朕賜你『無書不讀』四字。」

自此，紀曉嵐「兩腳書庫」的雅號，在士林中更廣為流傳。

## 不識字者樂

紀曉嵐終生與文字打交道。

他在《姑妄聽之》的小引中說：

> 余姓耽孤寂，而不能自閑。卷軸筆硯，自束髮至今，無數十日相離也。三十以前講考證之學，所坐之處，典籍環繞如獺祭。三十以後，以文章與天下相馳驟，軸橫對白，

恆徹夜構思。五十以後，領修秘籍，復折而講考證。今老矣，無復當年之意興，惟時拈紙墨，追錄舊聞，姑以消遣歲月而已。

這是他的文字生涯的簡單概括。

幾十年的舞文弄墨，紀曉嵐覺得，有歡樂也有苦惱。當他看到《四庫全書》第一部繕寫完畢和《四庫提要》完稿的時候，他興奮異常，情不自禁寫詩寄慨，並在奏摺中流露出一種自豪心情。但當他代皇上作文，苦思不就的時候，又是何其苦惱。

乾隆帝喜弄文墨，每到一處吟詩作對，題辭作文。據記載他寫的御制詩，有五集，多達四萬一千八百首。徐珂《清稗類鈔．文學類》還說他有十萬餘首，總之數量是極多的，歷史上沒有哪一個皇帝、哪一個作家比得上他。這其中有不少不是他本人作的。相傳代乾隆帝捉刀寫詩的是沈德潛，捉刀寫文章的就是紀曉嵐。紀曉嵐每當代他寫文章時，便困惑不安。

乾隆帝好大喜功，自命不凡，他曾因自己的文治武功，自稱「十全老人」。對文字要求很嚴。翰林院曾有位官員在奏摺上錯把「翁仲」（石人）寫作「仲翁」。乾隆很生氣，把這個大臣貶為山西太原府的通判，並題詩一首加以嘲笑，詩云：

> 翁仲如何說仲翁，十載寒窗欠夫工。
> 從此不許歸林翰，貶汝山西作判通。

詩中每句最後二字全用顛倒，以示挖苦。所以代乾隆作文，務必十二萬分小心。

一日，紀曉嵐又接到秘旨，代寫一篇文稿，他的幽默曠達的心境，一下子又緊張起來。那時正是夏天，伏在翰林院的書案上沉思，汗流浹背。他一時苦思不就，只好站起來在走廊上踱步思索。這時從走廊的另一頭傳來打鼾的聲音。一看，是一個老兵躺在那裡悠閒地睡覺。紀曉嵐頓時覺得一種巨大的反差，一邊是殫心竭慮，一邊是悠閒自在。他情不自禁用扇子把老兵敲醒，問道：「黑甜鄉之遊，樂乎？」

那老兵揉揉眼睛，點頭答道：「樂。」

紀曉嵐把折扇伸到他眼前，問：「扇上的字識否？」

答道：「不識。」

紀曉嵐這時有種說不出的滋味，不識字反倒痛快，識字反倒苦惱。

他望著這個老兵，嘆道：「人生憂患識字始呵！」

那老兵茫然不知地望著紀曉嵐搖頭晃腦地嘆息，他根本不知道紀曉嵐心中的苦惱。

人生憂患人人有，只是各自所受不同罷了。

## 十「一」詩

作詩要嵌入預先規定的數字，又要保證詩意清新自然，那是難得的。詩中出現數字，那要符合詩意的需要，或者作家本人的愛好，如唐初詩人駱賓王，他喜歡詩中穿插數字，當時有「算博士」之稱，如「秦地重關一百二，漢家離宮三十六」。大詩人杜甫、柳宗元、陸游也有，如「霜反溜雨四十圍，黛色參天二千尺」，「一身去國六千里，萬死投荒十二年」，「三萬里河東入海，五千仞岳上摩天」。這些詩句中都有數字，但它因隨詩意而來，並不顯得牽強。如果預先定下數字，要作者按數字填詩，那就不容易了。

紀曉嵐是個全才，他在這方面也有一手。

有一次陪同乾隆南巡，坐在江邊一座茶樓喝茶。那時正是秋天，這日下著濛濛細雨。推窗遠眺，只見江面上煙雨霏霏，朦朦一片，江心有隻小船坐著一位漁夫，正在垂釣，雙腳拍打著水面，嘴裡哼著漁歌，四周船隻很少，遠處青山迭翠，那畫面十分誘人。

乾隆看得出神。紀曉嵐見乾隆不說話，湊趣道：「聖上，江中好景致。」

「江色佳絕，卿可賦七言絕句一首，內藏十個『一』字，如何？」乾隆沉浸在景色觀賞之中，慢吞吞地說。

「遵旨。」紀曉嵐展望江中景色，立即吟道——

一籬一櫓一漁舟，
一個艄公一釣鈎，
一拍一呼還一笑，
一人獨占一江秋。

紀曉嵐吟罷，乾隆算算四句中正好十個「一」字，細細品味詩意，那意境正如眼前的一模一樣，只是更加富有韻味，尤其是「獨占一江秋」之句，寫盡了江中的寂靜。乾隆很高興，禁不住誇讚：「卿真詩才橫溢。」

這種一字詩，清代還有人寫過，據傳有一位少女詩人，寫過一首這樣的詩——

一花一柳一單磯，
一抹斜揚一鳥飛，
一水一山中一寺，
一林黃葉一僧歸。

此詩也別開生面，一字如此之多，並不感到重複。

相傳有人擇婿，也以十「一」詩為條件，若能在詩中嵌入十個「一」字，就允許娶自己女兒。有一年輕人前來應試，在試卷上題詩道——

一橫一豎正相交，
一偏一斜一剪刀，
一子一女成一對，
一個一個比天高。

這是第一首，是七言詩，還有第二首，九言詩——

一橫一豎十字路相交，
一偏一斜分明一剪刀，
一子一女好逑成一對，
一個一個笑聲比天高。

這兩首詩，都含有十個「一」字，而且，後首中間藏有一個謎底：十分好笑。

不過，比較起來，那位女詩人和這位應試者之詩，雖然符合寫作要求，而在意境上卻不如紀詩，尤其是應試者兩首，為暗含謎底，顯得牽強，談不上詩的韻味了。

## 南北通州聯

地名通州，在清代有兩處。一為順天府通州，俗稱北通州，今河北省通縣。一為今江蘇省南通，俗稱南通州。這兩處都是交通要道，尤其是北通州，不僅是北京往南的通衢，而且是運糧的要道。

乾隆帝有一次南巡，駕到順天府通州。看到此地南來北往的情景，聯想到這一地名，不覺有所感觸，出一聯令大臣屬對。聯云：

南通州，北通州，南北通州通南北。

這一聯把南北通州四字貫穿其中，有地名又有方位，且相互聯貫，組合嚴密。要想出一句合適的對句，非常困難。隨從大臣個個面面相覷，不知從何對答。紀曉嵐也一時檢不出。

乾隆提出這上聯後，也運思下聯，一時也想不起，只好要大臣明天答對。

紀曉嵐不甘心對不出。晚膳後邊逛街邊思索，走到一家當鋪門口，恰好斜對面也有一家當鋪，兩家當鋪剛好是東西方向的位置。紀曉嵐突然心頭一動——有了。

第二天答對，眾大臣還是拿不出像樣的對句，乾隆很著急，望著紀曉嵐說：

「你呢？總應當想得出。」

「臣已有一聯，」紀曉嵐說，「只是覺得尚不夠完備。」

「你不妨先說。」乾隆道。

「東當鋪，西當鋪，東西當鋪當東西。」紀曉嵐一下把下聯吟出來。

這對句把東西當鋪四字貫穿進去，也相互關聯，可以說這已是對得相當工整了。

乾隆捻著鬍鬚，慢吞吞地說：

「嗯，可以。只是以『當鋪』對『通州』，欠佳。」但在場的大臣包括乾隆本人在內，誰也提不出另外的意見，紀曉嵐在這次屬對中，可以說是一枝獨秀。

然而，學無止境，天外有天，樓外有樓。相傳後來有人又補上了另一對句，對句云：

東天竺，西天竺，東西天竺天東西。

這一聯就既有東西方位詞，又有地名相對，比起紀曉嵐的下聯，就工整和氣派得多。

這種集四方聯要有高度的技巧。在屬對中還有集四書篇名，集四季名、集戲名、集俗語、集節氣、集前人詩句等的對聯。這其中也有不少佳作的。如集四書聯，有一聯云：

衛靈公遣公冶長祭泰伯於鄉黨中，先進里仁舞八佾；
梁惠王命公孫丑請文公在離婁上，盡心告子讀萬草。

這裡「衛靈公」、「公冶長」、「泰伯」、「鄉黨」、「先進」、「里仁」、「八佾」，都是《論語》中的篇名，「梁惠王」、「公孫丑」、「文公」、「離婁」、「盡心」、「萬草」，都是《孟子》中的篇名，通過巧妙的聯接，構成一副趣味盎然的對聯。

再如集四方四季名的對聯，也有頗有情趣的，如：

冬夜燈前，夏侯氏讀春秋傳；
東門樓上，南京人唱北西廂；

這裡把春夏秋冬四季名和東西南北方位詞都嵌進去了，而且組合成讀書和聽戲兩個相對的場面，真是妙趣橫生。屬對的學問是無止境的。

## 悼劉統勛

紀曉嵐由啟蒙到入仕，訓導他的業師有好幾個，如孫端人、介野園、劉統勛、李文耼、董邦達。其中以座師劉統勛對其影響和關照最大。劉統勛是紀曉嵐中第一名解元的主考官，是劉的洞達高見引其入仕途的。此後又多次得到劉的提攜和引薦，而且他的兒子劉墉又是紀的密友。劉墉有政治才能，後亦入閣拜相，兩人關係極為密切。

劉統勛字延清，號爾純。山東諸城人。雍正二年進士。乾隆二十六年以前，任過工部尚書、太子太傅、刑部尚書。乾隆二十六年，拜東閣大學士，兼管禮部，尋兼兵部。曾數前查勘黃河、運河河工，革除積弊。他為官清廉，直言敢諫，釐剔奸弊，獎掖後進，為乾隆中期股肱大臣。劉統勛辭世為乾隆三十八年十一月，終年七十四歲。

當時，他起身早朝，乘輿至東華門外，頓覺不適，來不及呼喚，就倒斃轎中。僕人不知，待輿轎傾斜，掀開轎廉，才發現停止了呼吸。

劉統勛的死，朝野震動。乾隆頓覺失去一棟樑之材。諭令太傅，入祀賢良祠，謚文正。入葬時沿途文武百官在二十里以內者，均詣柩前祭奠。乾隆本人也親往弔喪。次年，又恩賜一部《古今圖書集成》給其子劉墉，六年後，在《懷舊》詩中，還稱劉統勛「遇事既神敏，秉性復剛勁。得古大臣風，終身不失正。」可見劉統勛的為人。

自然，劉統勛的死，給予紀曉嵐的是巨大的悲痛。劉統勛二十餘年的垂教和關懷，恩深似海，雖粉身碎骨也難以為報，今劉捨他而去，怎不叫他悲痛欲絕！他在萬分痛苦之中，追思恩師的一生，寫下了一副輓聯，聯云：

岱色蒼茫眾山小；
天容慘淡大星沉。

這對聯出語不凡，句奇語重，對劉統勛是一個恰當的概括。在悼唁儀式上，紀曉嵐又對劉統勛的遺像題詩四首，其中有兩首云：

溫公傳小像，摹印遍長安。
真本天留在，遺容此拜觀。
神姿才彷彿，風味尚清寒。
不向黃扉見，誰知是宰官。

早歲登詞苑，提攜荷鉅公；
入懷見明月，侍坐得春風。
仕宦憐聾叟，文章憶醉翁；
衰年多少事，淚灑畫圖中。

這兩首詩，前一首對劉統勛的廉潔正直、平易近人，作了生動寫照。後一首對劉的獎掖後進、諄諄教誨，表示至誠的敬意。紀曉嵐除了對皇上違心地捧場之外，對朋友和前輩是不喜說諛辭的，他的這些話係出自肺腑之言。

劉統勛、劉墉父子均為乾隆時期的賢宰相，民間傳說很多。《滿漢鬥》就是以劉氏父子與大奸臣和珅鬥爭為題材寫成的評書。據傳，劉墉入閣以後，劉統勛覺得後繼有人，對自己的淡泊生活和治國平天下的責任，十分快慰，寫有一聯貼在廳前云：

粗茶淡飯布衣裳，這點福，讓老夫享受。
齊國治家平天下，那些事，有兒輩承當。

## 兩念白文

乾隆南巡，喜歡舞文弄墨，題碑題匾。

有一次駐蹕金山寺，遙望長江，見白鷗點點，江水滔滔，又欲題額，但久思不就。環顧左右，隨侍大臣一個個眼勾勾地望著他。他明白大臣們想看他的笑話。為掩飾窘狀，他突然靈機一動，走至書案前，展紙作寫字狀，然後把紙擲給貼近站著的紀曉嵐：

「紀愛卿，你看何如？」

紀曉嵐把紙打開，一看那有什麼題字，分明是一張白紙。他立即會意，是皇上要他捉刀。略一沉吟，便大聲說道：

「萬歲，好一個『江天一覽』！」那神態似乎紙上確鑿地寫有這幾個大字。

眾大臣一聽「江天一覽」四字，立即振奮，齊聲恭維：

「皇上大才，此四字貼情貼景。」

乾隆微笑不語，驚嘆這位才子快捷，忙在紙上正式寫下這幾個字。

乾隆五十五年，紀曉嵐升任禮部尚書。

那年夏天大旱，田野龜裂，草木凋枯，百姓人心惶惶。乾隆也很著急，選擇黃道吉日，親率文武百官，到大祀殿前的天壇，祭天求雨。那求雨的祭典，莊嚴隆重，贊禮官按照祭祀禮儀，依次執行。乾隆行三獻禮後，便是由禮部尚書宣讀求雨禱文。

禱文本由專管國家祭祀禮儀的大常寺、光祿寺、鴻臚寺準備的，但乾隆愛舞文弄墨，隆重的場面，大常寺不敢輕易出示準備的文稿，等候旨意。

乾隆這時沒有叫大常寺卿取出禱文，卻從自己的袖筒裡取出一卷紙，交給紀曉嵐。

紀曉嵐打開紙卷，正準備宣讀，誰知紙上隻字全無，又是一片空白。這一驚非同小可，階前大臣們跪了一地，乾隆手持香火莊嚴地站在那裡，目不旁視。全場鴉雀無聲，只等他開口。他明白，這是乾隆在緊要關頭，考他的才智。

他略一鎮定，忙集書經中的句子，高聲念道：
「帝曰：咨汝龍，歲大旱，用汝行甘霖，汝其往，欽哉！」

禱文氣勢磅礴，十分得體，乾隆很滿意，大臣們也佩服紀曉嵐的隨機應變。

## 論貧富

紀曉嵐沒有像漢、唐那些大作家那樣，留下長篇大論的議論文，連短小的寓言體哲理文也沒有，但在他令人捧腹的言談和筆記故事裡，常含有哲理。

有一次，扈從乾隆在承德避暑山莊。乾隆閒暇無事，在文津閣與他以及和珅閒談。乾隆一下不知想起什麼，問和珅和紀曉嵐道：

「二位愛卿，你們說天下什麼人最富？又什麼人最窮？」

愛捧場和討好乾隆的和珅，搶先說道：

「聖上，普天之下莫非王土，率土之濱莫非王臣。臣以為陛下最富。最窮的算吃丐，他上無片瓦，下無立錐之地。」

這話沒有說錯，但乾隆聽後沒有吭聲，把臉轉向紀曉嵐：

「紀愛卿，你再說說。」

紀曉嵐不願與大奸臣和珅當面爭鋒，所以不說話，現在乾隆點到自己，只好說：

「回聖上，臣以為天下最富之人是勤儉，天下最窮之人是貪饞。只要勤儉，即使家徒四壁，也會慢慢富起來，如果既貪又饞，萬貫家財，也要揮霍乾淨。」

「嗯，說得對！」乾隆連連點頭。

和珅只從實處著想，專拍馬屁，沒有站在高處，從人的立身準則上考慮，所以臉紅了。

紀曉嵐這種貧富觀點，時時流露出來，在這裡，還有一個故事。紀曉嵐有一次陪同乾隆在避暑山莊附近閒逛。無意中走進一座村落。這村子不大，只有二、三十戶人家。房屋矮小，牆壁剝落，顯得很窮。村口有座似廟非廟、似祠非祠的建築。內面神龕，供有兩尊菩薩，一是財神爺，一是藥王爺。這樣的供奉是不倫不類的。

乾隆看後覺得新鮮，來了精神，指著神龕對紀曉嵐說：

「紀愛卿，替他們寫副對聯如何？」

紀曉嵐面對兩個不同類型的菩薩同龕，也頗有感觸，隨口吟道：

有錢難買命，

無藥可醫貧。

這副對聯，可說是滿含深刻的生活哲理。「無藥可醫貧」，也是他的勤儉致富觀點的又一次流露。勤儉致富是我們國人的傳統美德。

清人陸以恬的《冷盧雜識》也記有這樣一則故事。說是杭州吳山有人擺攤出售秘法三條：一曰「持家必發」，二曰「飲酒不醉」，三曰「生虱斷根」。為了表示秘法之「秘」，用厚紙密封，慎而重之地擺著，標價銅錢三百。結果購買者發現，這三條的答案是六個大字：「勤儉、早散、勤捉。」事雖滑稽，但道理是無可非議的。

紀曉嵐承襲國人的傳統美德和社會的普遍願望，這是封建社會裡一個正直官員表現出來的品格。

## 江邊造字

中國漢字，如別的國家和民族的文字一樣，當它形成以後，即有一定的穩定性，不能無限制地一批又一批地造出新字。但隨著社會的發展，有的字也逐漸死亡，也有少數新字補充。所以自古至今的字典，收字量呈現由少到多，由簡到繁的趨勢。東漢許慎的《說文解字》收字九千三百多，清代《唐熙字典》收字四萬七千，現代《中華辭海》收字八萬六千，但不管字典收字多還是少，字的存在是要得到社會的認同的。

紀曉嵐在這個造字的問題上也有一件趣事。

乾隆帝南巡，有一次船隊駛進一片蘆葦蕩裡。微風吹來，青翠的蘆葦起伏翻動，船隊就像飄浮在一片碧波之中。乾隆忍不住伏下身來，用手從船旁拔了一根葦尖。葦尖發出「追兒」的聲音，聲音清脆悅耳。乾隆高興起來，回轉身問眾大臣：

「諸位愛卿，可知這草鳴之聲當是何字？」

說罷，他又拔了一根，又是一聲「追兒」，響聲十分清亮。

眾大臣沒有料到皇上會提出這樣一個問題，因為這葦尖拔出的響聲，字典是沒有摹擬這樣一種聲音的字，知道乾隆是在尋開心，一時都不知如何對答。

紀曉嵐起初聽到這清脆悅耳的聲音，也覺得有趣，注意到乾隆拔蘆葦尖的姿勢。現在乾隆提出一個擬聲字的問題，他也一時噎住了。

乾隆見他也不說話，催促道：「紀昀，難道你也不知！」

這話刺動了紀曉嵐，他想，明明字典上沒有這個字，叫我如何回答。你一定要我回答，我就造一個吧！

漢字傳統的造字方法是象形、指事、形聲、會意等六書。紀曉嵐當時看到乾隆拔葦尖的姿態，心中突然形成了一個字。於是一本正經地說道：「啟稟聖上，這字是這樣寫法：左邊是『提手』，右邊上為草頭，草在水中，下為土，此字乃『㩼』（音追兒）也。」

「何以這樣寫呢？」乾隆又問。

「很簡單，」紀曉嵐說，「水在土上，草生水中，以手『拔』之，『追兒』有聲，字即『撻』也。當年倉頡造字不是這樣麼？」

這話說得不容反駁，因為當年造字，確係由此而來。但現在字典中又沒有這個字，乾隆知道他在自造。於是又問道：「為何字書中不見此字？」

紀曉嵐卻不慌不忙地答道：「此正是聖上賜福。《說文解字》開初僅收九千三百餘字，後因時、因事、因景、因需新造，增字不少，今聖上再造一字，不正是賜福於萬民。」

字是紀曉嵐造的，他又把功勞扣在乾隆帝頭上。

乾隆聽了，哈哈大笑；「愛卿真會設法。」

眾大臣也都佩服紀曉嵐打破僵局的應變本領。

不過，紀曉嵐這樣造字，只是逗趣而已，一個新字的產生是不能那麼隨意的。

## 趣喝餘酒

紀曉嵐酒量不高，如果隨從乾隆微服外出，喜歡喝乾隆喝剩的酒，乾隆見他如此，心生一計故意逗他。

有一次，君臣以百姓打扮，在街頭一家酒店閑飲。酒家懸一方形紅燈，四面各寫一酒字，乾隆道：「朕出一上聯，卿若能對出，允飲餘酒。」

乾隆的上聯是：

「一盞燈，四個字，酒酒酒酒。」

乾隆說出上聯後，自思下聯，苦苦思索，卻久思不就。原來隨口說出的上聯，卻是一副絕對。此聯嵌有數字，又連選四字，要對得工整很不容易。

乾隆說完，紀曉嵐也愣住了。覺得這副上聯不容易對。沉默片刻，恰好一個更夫打更，鳴鑼而過。紀曉嵐心頭一動，忽有所悟，遂說道：「聖上，下聯有了。」

「什麼對句，說吧。」乾隆很驚訝。

「對句是：二更鼓，兩面鑼，鏜鏜鏜鏜。」

「很好，很好！」乾隆高興得哈哈大笑。

於是，君臣二人痛飲一番。

又有一次隨從乾隆微服外出。那是在南巡途中駐蹕的州府。街道整潔，古風猶存。兩人坐在酒樓上，閑看街景。

這時，有一抬迎親的彩轎經過，乾隆回顧紀曉嵐，說道：「卿若飲朕酒，得續聯詩，朕賦前三句，末句由你完成，佳則飲酒，否則應罰作東道主。」

紀曉嵐道：「謹遵聖命。」

乾隆賦的是三句即景詩：

下邊鑼鼓響叮咚

諒必新人在轎中，

今日洞房花燭夜。

第四句待紀曉嵐續出。乾隆剛剛說完，紀曉嵐立即續道。

玉簪挑破海棠紅。

這一句續得切事切情，語意雙關、洞房情狀，盡在其中。乾隆大喜。紀曉嵐以他的才智和幽然，又一次賺得酒喝。

## 嘲假古董

愛好古董，是當時文人的一大嗜好。有人瞄準文人這種心態，到處兜售假古董。一天，一個古董商人手握幾塊瓷片，索價幾百兩銀子，說是周世宗時期柴窯出品，嵌入甲冑，上陣可以避火器，紀曉嵐聽到這種胡扯，笑道：「可否用繩子將瓷片掛起，以銃發鉛丸射擊，如避火，則不碎；如碎，則不能避火，何如？」

那賣古物的不肯，紀曉嵐堅持要如此。

那賣古物的見要露餡了，抬腳便走，邊走邊說：「你賞鑒不在行，大殺風景。」

紀曉嵐哈哈大笑。可是，不久之後，他聽說，這幾塊瓷片竟以一百兩銀子賣給一個有錢的暴發戶，不禁嘆道：「夫君子可欺以其方，難罔以非其道。炮火橫沖，如雷霆下擊，豈區區瓦片能禦！且雨過青天，不過泑色精妙耳，究由人造。非出神功，何斷裂之餘，靈尚有如是耶？」

感慨之餘，又作《銅雀瓦硯歌》一首，歌曰：

> 銅雀台址頹無遺，何乃剩瓦多如斯？文人倒有嗜奇癖，心知其妄姑自欺。齊徵魯鼎甘受贗，宋珍燕石恆遭嗤。西鄰於叟舊蓄此，寶如商鬲周尊彝。飢來持以易斗粟，強置之去不得辭。背文凸起建安字，額鐫坡谷諸銘詞。平生雅不信古物，時或啟櫝先顰眉，他對偶爾取一試，覺與筆墨頗相宜。惜其本質原不惡，俗工強使生瘡痍。急呼奴子具礪石，階前交手相磨治。瑩然頓見真面目，對之方覺心神怡。友朋驟見駭且笑，謂如方竹加圓規。三國距今二千載，胡桃油事誰見之？況乃陶家日作偽，實非出自漳河湄。諸君莫笑殺風景，大學石鼓吾猶疑。嘻！大學石鼓吾猶疑！

此歌對作弊者及上當受騙者，極盡揶揄，可為那些附庸風雅者戒。

對假古董嗤之以鼻，但對真正的古物，紀曉嵐是感興趣的。

有一次，他發現別人把北宋刊本《公羊傳》紙頁，作包裝紙用，大為惋惜，心痛不已，在《閱微草堂筆記》裡，特意記載。他的大兒子汝佶，得到泰安知府朱子穎一方大理石鎮紙，轉送給他，他也十分喜愛。那鎮紙罕見，長約二寸，寬約一寸，厚約五、六分。兩面皆刻有圖案，一面是懸岩對峙，中有二人乘舟順流而下；一面是雙松歌立，針鬣分明，下有水紋，一月在松梢，一月在水，宛然兩水墨小幅，見之者無不稱奇。

但紀曉嵐對古物、古玩，既深愛又不留戀。他認為世間萬物聚散無常，主人不會永久不變，即使終生死守，死後也不知為誰所有。所以有人索取，他也不吝惜地贈予。硯台是為此，這方罕見的鎮紙，後來也給了別人，紀曉嵐的曠達可見一斑。

## 嗜吸旱烟

乾隆時代，仍像康熙年間一樣，士大夫以吸旱烟為時髦，婦女小孩皆手執一管，酒肉可以不食，唯烟不可少，客人來訪，也以敬烟為先。有人作《咏美人吸旱烟》詩云：

起捲珠帘怯曉寒，侍兒吹火鏡台前，
朝雲暮雨尋尚事，又化巫山一段烟。

剪結同心花可憐，玉唇含吐亦嫣然。
分明樓上吹簫女，新風聲中引紫烟。

可見耽於此道者的迷戀。

紀曉嵐也是位烟客，而且烟量特別大。他的烟管是特別的，烟袋很大，可裝一、二兩烟，從他的住地虎坊橋吸起，可吸到圓明園。因為他這個大烟袋子，京中人送他一個外號：紀大烟袋。

當時的旱烟，品種很多，有大號、抖絲、抖絨等，每斤價一、二百丈，繼有頂高、上高、超高之分，後有頭印、二印、三印、四月之別。最貴的每斤價一千六百丈。紀曉嵐吸過一種福建產的黃烟，此烟香味濃烈，極有韻味，只是容易熄火，害得他的侍妾明玕常替他抓煙灰、點火。

除了睡覺，紀曉嵐烟管不離嘴。有一次在內廷值班，恰好乾隆突然召見。乾隆原本也吸烟，後患過幾次咳嗽，接受御醫勸告，不再酷愛此道，看見大臣吸烟，有時加以訓斥。紀曉嵐知道此事，急忙把烟管插入靴筒。誰知奏事時間很長，未熄的烟火繼續燃燒，從靴筒冒出一縷縷青烟，而且烤焦襪子，燒著皮膚，乾隆見狀，驚問：

「紀卿袍間何故冒烟？」

「這——」紀曉嵐不敢回答，只有忍痛攢眉而已。

乾隆命內監搜查，結果發現是烟管和紀曉嵐燒焦的皮膚，乾隆大笑：

「嗜好如此，其害足矣！」命紀作文狀罪。

說起寫文章，紀曉嵐勁頭就大，立即寫下《褲焚》一文，自我嘲笑一番。

乾隆覺得有趣，這時不但不責怪他吸烟，反而賜他烟斗一支，准許他在館吸烟。對此，紀曉嵐洋洋自得。事後三對人自述頭銜：欽賜翰林院吃烟。

紀曉嵐酷愛吸烟，大烟管是他心有之物，可是有一次還是丟了。家人都很焦急，尤其是他的愛妾明玕，忙著要去為他再訂做一根。他連忙擺手道：

「別瞎忙，你們到京東小市場看看。」

家人跑到出售舊貨的雜貨攤上，果然在那裡找到這根烟管。

明玕問他為什麼猜得那麼準，他狡黠地眨眨眼：

「這東西旁人拿著沒有用處，必須出手，京中沒有第二支，一露面不就可以找到。」

明玕方才醒悟。

紀曉嵐有位親戚王某，喜吸蘭花烟，自恃烟量很大，要與紀曉嵐比試紀曉嵐笑道：

「先比比烟袋如何？」

原來王某烟袋很小，不及紀的三分之一。王某不服：

「以吸烟總量多少決勝負。」

「可以。」紀說。

結果以一小時為限。紀的大烟袋吸了七斗，王的小烟袋才吸五斗，王某只好甘拜下風。

紀曉嵐煙量雖大，但自知烟技不高。他想起王士禎《漁洋夜譚》裡寫的周子畏，覺得自己是小巫見大巫。

《漁洋夜譚》裡寫的周子畏，烟技可真壯觀。周在一間密不通風的房間裡，將吸了半天憋在肚子裡的烟，吐出來，顯出各種形狀。

> 照地一吻，吐出一團，其大如簸，再從舌抵顎上一出齒際，則成一大蝠。如是再，再而三，但見蝠飛圈外，圈套蝠中，愈出愈多，真如月暈日環，幻化出千萬億圈子，或粘壁間，或絕地上，或印人衣履，或套入項頸，不可思議。

這是一種境界，還有另外一種境界：

> 既而淙淙然，直蒸屈隔，又復冪歷而下，鉤旋宛轉，雖有精於繪雲者，無其象，精於繪水勢，無其色，及至地，色較淡，而絲縷縷倍多於前。

這種種神妙真可謂奇觀，紀曉嵐對此當然是將信將疑。但在乾隆戊寅年五月，他的兒子汝佶在吳翰林家祝壽，親眼見到座上有人表演類似的烟技，那吸烟人把嘴一張，口中吐出的烟霧形成兩隻仙鶴，再一呼，吐出一圓圈，形如大盤，雙鶴穿之而過，往來飛舞。此情此景，紀汝佶記載詳細。紀曉嵐始信此中不虛。

## 漚心瀝血的《四庫提要》

紀曉嵐畢生在學問上的最大成就，就是在編修《四庫全書》時寫出的《四庫全書總目提要》（又稱《四庫總目》、《四庫提要》），這是他歷經十六、七年漚心瀝血之作。《四庫提要》的寫作，與《四庫全書》編校幾乎同步。早在乾隆三十七年徵書伊始，乾隆就要求各省督撫將所搜集呈獻的典籍，敘列目錄，注明要旨、作者，以便廷臣檢核。安徽學政朱筠，當乾隆下詔訪求書籍時，又上書提出開館校書的設想，並建議「每一書上，必校其得失，撮舉大旨，敘於本書首卷。」因此，乾隆決定，依經史子集四部名目，分類撰寫目錄提要。

四庫館開館後，纂修官們每校閱一種書籍，即撰提要一篇，敘列作者爵里、版本源流、典籍要旨、文字得失，以及應存、應抄、應列的建議。對不準備採入《四庫全書》的，也作如是處理。這樣匯集起來的提要，送交總纂、副總纂審閱。總纂在審讀原作的基礎上對提要進行增刪，分合、改寫、潤色，可以說，再進行一次創作。這種對提要的撰寫，以紀曉嵐出力最大，他是總纂官，又在四庫館任職時間最長，對提要前前後後的處理都由他經手。副總纂陸錫熊，雖與紀曉嵐共事，後在受處分中病死瀋陽，紀曉嵐的功勞是無可磨滅的，這點古人說得非常明白。

朱筠《紀曉嵐墓志銘》云：

> 公館書局，筆削考核，一手刪定，為《全書總目》裒然可觀。

阮元《紀文達公遺集序》云：

> 高宗純皇帝命輯《四庫全書》，公總其成。凡六經傳注之得失，諸史記載之異同，子集之支分派別，（公）罔不抉奧提綱，溯源徹委，所撰定《總目提要》多至萬餘種。

昭槤《嘯亭雜錄》卷十「紀曉嵐」條云：

> 北方之士，罕以博雅見稱，惟曉嵐宗伯無書不讀，博覽一時，所著《四庫全書總目》總匯三十年間典籍，持論簡而明，修詞淡而雅，人爭服之。

江藩《國朝漢學師承紀》「紀昀」條云：

《四庫全書提要》、《簡明目錄》皆出公手。大而經史子集，以及醫卜詞典之類，其評論抉奧闡幽，詞明理正，識力在王仲寶、阮存緒之上，可謂通儒也。

紀曉嵐本人在《詩序補義序》一文中也說：

余癸巳受詔校書，殫十年之力，始勘為《總目》二百卷，進呈乙覽。

直認他對《四庫提要》的著作權，《四庫提要》是紀曉嵐嘔心瀝血之作。《四庫提要》全書共二百卷，分經史子集四大類，每一大類又分若干小類，其中一些比較複雜的小類再細分子目。每一大類、小類前面，均有小序，子目的後面有按語，扼要說明這一類著作的源流和分類的理由。每一類後面又附有存目。存目中的書籍是經纂修官考核，認為價值不高或有礙於當局而未採入《四庫全書》的。

整個提要初稿，完成於乾隆四十七年（一七八二年）七月，以後大約七、八年時間內，隨著《四庫全書》的不斷補充和抽換，內容也有增改。約在乾隆五十四年（一七八九年）正式寫定，並在這一年由武英殿刻板印出，乾隆六十年，浙江地方官府又根據杭州文瀾閣所藏武英殿刻本翻刻，自此提要便廣為流傳。

《四庫提要》不是簡單的目錄學著作，而是中國古代規模最為宏大、體制最為完備、評介最切實公允的目錄書。它凝聚著當時歷史條件下和特定文化環境中形成的價值觀念、審美意識、情感趨向、思維方式，以及知識、經驗、才能等，富有極其豐富的文化品性。它的學術價值，清人周中孚在《鄭堂讀書記》評價說：

竊謂自漢以後，薄錄之書無論官撰、私著，凡卷第之繁富，門類之允當，考証之精審，議論之公平，莫有過於是篇。

今人余嘉錫積平生之精力研讀《四庫提要》，他在《四庫提要辯正·序錄》中，對《提要》亦全面肯定：

今《四庫提要》敘作者之爵里，評典籍之源流，別白是非，旁通曲証，使瑕瑜不掩，淄澠以別，持比向、歆，殆無多讓。至於剖析源流，斟酌古今，辨章學術，高挹郡言，尤非王堯臣、晁公武等所能望其項背。故曰自《別錄》以來才有此書，非過論也。故衣被天下，沾溉無窮。嘉道以後，通儒輩出，莫不資其津逮，奉作指南，功既巨矣，用亦弘矣。

這是從辨析源流、糾謬補遺的角度說的。如果把它放置在多彩的文化整體中還原和分析，那看到的將更多、更廣，這隨著時代的推移會一一提出來。

《四庫提要》一經問世，它的影響是十分明顯的。它的分類體系和編寫提要方式，被後世目錄學家紛紛仿效。阮元指導編成的《天一閣書目》、張金吾的《愛日精廬藏書誌》、瞿鏞的《鐵琴銅劍樓藏書目錄》、陸心源的《皕宋樓藏書誌》、丁丙的《善本書室藏書誌》，基本上都是按照《四庫提要》的體系分類和編排。它對古代學術源流和各類著作的述評，成為認識了解古代典籍的重要門徑。

前人很有體會，龔自珍在《已亥雜詩》自注中自稱《提要》是「平生為目錄之學之始」，張之洞《輶軒語》中也宣告《提要》為「諸生——良師」、「讀群書之門徑」。它的影響是巨大而深遠的。自它誕生後，形成了以它和《四庫全書》為對象的專門性研究，形成一門專門學問——「四庫學」，著作林立，它的魅力確系巨大。

## 無法超越的嗟嘆

唐代大詩人李白，登臨黃鶴樓本想賦詩，抬頭見壁上寫有崔顥《黃鶴樓》詩，竟擲筆不作，說：「眼前有景道不得，崔顥題詩在上頭。」這故事不一定真實，但它說明，要超越前人的豐碑，是困難的。

時隔一千多年，紀曉嵐校理秘書，縱觀古今著作，面對前人浩瀚的典籍，不禁發出類似的感嘆，陳鶴《紀文達公遺集序》引述他的話說：「自校理秘書，縱觀古今著作，知作者固已大備，後之人竭盡其心思才力，不出古人之範圍。」

這簡直是對前代典籍佩服得五體投地，確認後人難越其項背。

紀曉嵐在《鶴街詩稿序》又說：

> 余自早歲受書，即學歌咏，中間奮其意氣與天下勝流相唱和，頗不欲後人。今年將八十，轉瑟縮不敢著一語。平生吟稿亦不敢自存。蓋閱歷漸深，檢點得意之作，大抵古人所已道，其馳騁自喜，又往往皆古人所撝呵。

紀曉嵐年已老耄，已是一代文宗，在前人詩作面前竟「瑟縮不敢著一語」，依該文後面的敘述，他「間為人作序紀碑表之屬，亦隨即棄擲，未嘗存稿。」

這種嘆惜，不是紀曉嵐謙虛，更非自卑，而是中國文化經過數千年跋涉，已臻於熟落，在文人學子心目中的反映。

有清一代，積累的前人典籍，已汗牛充棟，單就《四庫全書》所集而言，達三五〇三種，七九三三七卷，冊數達三六〇〇餘冊，此外還有流失和未編入《四庫全書》的典籍，尚不知多少。

楊家駱教授（一九一二——一九九一）南京人，精研中國目錄學，畢生從事著書、編書、教書。根據各種書目曾整理出的歷代出版書的數量，如下表：

| 時代 | 卷數 | 部數 |
|---|---|---|
| 西漢及西漢以前 | 一〇三三 | 一三〇二九 |
| 東漢 | 一一〇〇 | 二九〇〇 |
| 三國 | 一一二二 | 四五六二 |
| 晉 | 二四三八 | 一四八八七 |
| 南北朝 | 七〇九四 | 五〇八五五 |
| 隋唐 | 一〇〇三六 | 一七三三二四 |
| 五代 | 七七〇 | 一一七五〇 |
| 宋 | 一一五一九 | 一二二四九一九 |
| 西夏、遼、金、元 | 五九七〇 | 五二八九一 |
| 明 | 一四〇二四 | 二二一八〇二九 |

這數字加起來，數量是相當可觀的。

面對如此浩瀚的典籍和高度的文化繁榮，紀曉嵐發出類似「眼前有景道不得」的感嘆，那是自然的。與其同時的大學者趙翼，在《甌北詩集》裡同樣吐露這樣的心聲：

古來佳句本無多，苦恨前人已說過。
今日或猶殘瀋在，不知千載更如何。

這是由於他們有共同感受的結果。

有趣的是，紀曉嵐自嘆難以超越，畢生在詩文上無專門著述，但又在做超越前人的工作，因為至清一代，已留有前代文化的豐碑，給予了當時學者校刊、編輯、整理、評論、考據、總結吸取和借鑿的機會。

瀏覽清代學術史、文化史，可以看到，從漢魏至明末，目錄書，據王辟疆統計只有一百五十一種，而清代據孫殿起《販書偶起》統計，就有一百一十八種種。詩話，光是丁福保編的《清詩話》就收有四十三種，尚不包括像《隨園詩話》、《甌北詩話》這樣的大型詩話。小說，在乾隆時期已是千態萬狀，競秀爭奇，出現了像《紅樓夢》這樣高度思想性和藝術性相結合的作品。清代出版的書籍也超過任何一代，據楊家駱統計，品種達126,649，卷數達1,700,000卷。紀曉嵐親自勘定的《四章全書總目》不管他意識到，還是沒有意識到，都是一種巨大的超越，其剖析源流，旁通曲証，別自是非，斟酌古今是前代目錄學無法比擬的。

清代這種學術文化的繁榮，是前代文化熟落的結果。

紀曉嵐生活在乾隆、嘉慶年間，是幸運呀，還是不幸，應當說是幸運的。

## 愛妾明玕

紀曉嵐艷福不淺，除溫柔賢淑的夫人馬氏，前後擁有侍妾六人，他們依次是倩梅、郭彩符、趙氏、明玕、藹雲、卉倩。他們一個個俏麗端莊，令紀曉嵐陶醉，但最令他刻骨銘心的是明玕。

乾隆三十六年（一七七一年），紀曉嵐由戍地烏魯木齊召還，不久郭彩符病逝。郭彩符是他貶往烏魯木齊時，維持家計的侍妾，辛苦操持多年，她的死，紀曉嵐很傷心。

當年馬夫人見他年齡不到五十歲，身體很好，為寬解他的憂傷，便派人到故鄉河間，物色合適的女孩，明玕便這樣來到紀曉嵐身邊。

明玕姓沈，本名五娘，蘇州人，父親因避仇流落河間，以作小生意維持生計。五娘沒有小家氣派，而是一副大家閨秀模樣。她生得俊俏敏慧，善解人意。那雙明澈清朗的眼睛，那乖巧能言的小嘴，一見面就叫紀曉嵐非常喜歡，給她取名「明玕」，以示美玉之意。

明玕與別的女孩不同，自願為人媵妾，在娘家常與姐姐說悄悄話：「我不適合做種點人家的媳婦，高門大族又不會娶我做妻室，能在富貴人事做媵妾，我就滿意了。」

馬夫人得知此事，特意問她：「聽說你自願做人家的側室，可是真的？」

「回稟夫人，是奴婢自己願意。」明玕恭敬地回答。

「做側室也不容易呵！」馬夫人笑著說。

「這事奴婢明白，假如本人不願作妾，那就難做，如果本人願意，那就沒什麼難為。」

馬夫人見她溫柔和順，乖巧伶俐，心裡也很高興。

明玕伺侯紀曉嵐，體貼入微，事事切合紀曉嵐心意。她原本不通文墨，後隨紀曉嵐檢點圖書，捧燈侍硯，竟能以淺語成詩。一年夏天，夾竹桃盛開，月下內前，花影扶疏，散落枕上。她詩興勃發，作《花影》詩一首：

> 絳桃映月數枝斜，影落窗紗透帳紗；
> 三處婆娑花一樣，只憐兩處是空花。

這首小詩，用語雖淺，卻意境清新，紀曉嵐反覆吟誦，激起陣陣喜悅，可他只是覺得結句太淒涼了。

明玕有個怪念頭，覺得女人應該在四十歲以前死去，她對紀曉嵐說：「女人在四十歲以前死，容顏尚在，可贏得人家的憐惜和懷念。四十歲以後人老珠黃，沒有活著的價值，我不願意。」

紀曉嵐以為這只是隨便說說而已，誰知在寫《花影》詩的第二年，竟一病不起，撒手西歸，死時年僅三十，果真應了不活到四十歲的說法。

明玕因照顧馬夫人的病，積勞成疾。當她生病時，恰好遇上編撰《四庫全書》的緊張時刻，紀曉嵐經常不在身邊，要到圓明園值班。有時五、六天不能回家，臨時住在圓月園附近海淀槐西老屋裡。明玕病重彌留之際，紀曉嵐正在那裡。那天晚上，紀曉嵐因惦記明玕，兩次做夢。第一夢教明玕吟詩作對，突然硯頭掉在地上，醒了過來。第二夢，她偕他回蘇州，正玩得開心，又突然聽到打雷一般的聲音，醒來發現壁上兩隻銅瓶掉了下來。紀曉嵐頓感不祥。第二天急忙趕回虎坊橋老家。

明玕已在昨晚昏厥過兩次。見紀曉嵐回來，淚光瑩瑩，伸出枯瘦的手，從枕頭下抽出一張小畫像，交給七歲的女兒梅媛，並要紀曉嵐記下她寫的一首詩，詩曰：

三十年來夢一場，遺容手付女收藏；
他時話我生平擋，認取姑蘇沈五娘。

那難捨難分的情懷，令紀曉嵐肝腸寸斷。

明玕死後，紀曉嵐想起那天晚上，明玕昏厥兩次，並曾告訴她母親作夢到海淀寓所，被一種大的聲音驚醒，認為她是生魂出竅，傷心之餘，在她的遺像上寫下兩首詩：

〈其一〉

幾分相似幾分非，可是香魂月下歸？
春夢無痕時一瞥，最關情處在依稀。

〈其二〉

到死春蠶尚有絲，離魂倩女不須疑；
一聲驚破梨花夢，恰記銅瓶墜地時。

紀曉嵐邊寫邊涔涔淚落，明玕那活潑靈巧的身影，那善解人意的目光，始終不能從他的腦海裡抹掉。叫紀曉嵐沒有料到的是，明玕死後不久，侍女玉台也相繼夭折，年方十八歲。一痛未了，又添一痛。玉台於兩年前開始伺侯紀曉嵐，與明玕形影不離，如果她活著倒也可以寬解對明玕的思念，現在玉台又隨明玕而去，這使紀曉嵐更為傷心。

「三處婆娑花一樣，只憐兩處是空花。」紀曉嵐默誦明玕的《花影》詩句，想不到竟成詩讖。這是作者的氣機所動，一種不知不覺的自然流露，還是其它，紀曉嵐迷惑不解。到老耄之年，紀曉嵐還懷念此事，痛心地把它寫進《閱微草堂筆記》之中。

## 有裨於世務

《灤陽續錄》三記有這樣一則真實故事：

崇禎十五年，流寇逼近河間。紀景星、紀景辰（紀曉嵐的兩個曾伯祖）那天全家正打點行李，準備逃離。

隔壁鄰居一個老儒，見滿城難民，人心惶惶，回望門神，感嘆道：「要是今天有人像尉遲恭、秦叔寶那樣，當不至如此！」

紀景星、紀景辰兩人都是秀才，性好辯論，發現老者把門神當原唐初名將尉遲恭、秦叔寶，於是辯解道：

「這是神荼、郁壘像，不是尉遲恭、秦叔寶。」

老儒不服，進屋搬出丘處機《西遊記》作證。

紀景星、紀景辰說：

「這是小說，不足為據。」為說服對方也進屋取出東方朔《神異經》對證。

雙方互相駁難，搜尋證據，久持不下。這時天已薄暮，本來早就應當離城的，因辯駁耽誤，至出城時，城門已閉。

第二天正要出城，而大兵已至，城破，紀景星、紀景辰全家遇難。

這是兩個書呆子不諳世事，空談以致殺身的故事，事情涉及到紀曉嵐兩個曾伯祖，他一直未把它公開。

直至嘉慶三年（一七八八年），為告誡後人，方將它記入《閱微草堂筆記》這則故事是紀曉嵐的父親姚安公講給他聽的。故事的開頭，姚安公有這樣的話：「子弟讀書之餘，亦當使略知家事，略知世事，而後可以治家，可以涉世。」這是姚安公告誡紀曉嵐的，其實也是紀曉嵐本人的心聲。

有裨於世務，是紀曉嵐的一貫思想。他居官五十年，作為文士，他沒有明顯的政績，但在人生價值觀上，他主張經世致用，做有益於社會的事業。

他擔任《四庫全書》總纂官，對那些經世致用的著作及獻身社會的人物，給予崇高評價，對那些謀虛逐妄、不務實際的著作及人物，大加撻伐。他在《四庫全書總目》裡，稱「先天下之憂而憂，後天下之樂而樂」的范仲淹「人品事業，卓絕一世」，稱元人張養浩「留心經世」、「留心實教」，其書「可見諸實事」，「非講學家務為高論，可坐言而不可起行者」。他對當時盛行的宋學，以及反對宋學的樸學也能作出實事求是的評價，他反對宋學的空疏，也不滿意樸學沉於考據，經世之風的淡化。他在《總目．經部總敘》中，推崇漢學「謹嚴」，又指出「及其弊也，拘」。他認為樸學「證實不誣」，又指出「及其弊也，瑣」。這說明他的這種經世致用思想，既有傳統的積淀，又含有特定時代的基因，他的價值觀，還不只是舊有觀念的重複。

紀曉嵐經世致用的價值觀，最直率的說明，莫過於《閱微草堂筆記》裡兩則「冥王論政」的故事。這兩則故事，借助「鬼論」，充分表達了他這種意緒。

〈故事之一〉

有一官員，昂首闊步，坦然走進冥府，在冥王面前，自稱所到之處，只飲一杯水，別的都不叨擾。在鬼神面前，沒有什麼感到慚愧的。

冥王笑道：「設置官員是用來治理民眾，直至最底層的驛丞閘官，都有利弊需要治理，豈有不要錢即為好官！把一個木偶安置堂上，水也不喝，不比你更好嗎？」

官員覺得難以接受，辯道：「我雖然無功，但也無罪。」

冥王道：「你一生處處求自全，有些案件，你避嫌疑而不說。這不是辜負民眾嗎？有椿案件，你怕麻煩而不舉報，這不是辜負國家？三年成績考核，你有什麼呢！無功即是有罪。」

這則故事說得很乾脆：「無功即是有罪」，可為那些混日子者戒。

〈故事之二〉

有人自言為東嶽冥官，聽過冥王發表的高論。

冥王說：「賢臣有三等，害怕法律制裁的為下等，只愛惜自己名節的為第二等，專心致力王事，只知國計民生，不計個人禍福得失的為上等。」

冥王又說：「冥司不看重隱逸。社會育出的人才，原只望對世事有幫助。人人如同古隱士巢父、許攸那樣，避世高養，那如今將是洪水泛濫，連掛瓜瓢和牛羊飲水的地方都沒有了。」

這故事很深刻，它把個人與國家，入世與出世作了比較，說明只有為國為民，積極用世，方是上策。紀曉嵐的經世致用思想，使他終究有所成就。

## 升農居四

對於諸子的次序，歷代史書藝文志和目錄學著作，排列不一。大抵儒家第一，農家忝居末位。我國最早的目錄學著作——漢代劉歆的《七略》，對諸子是這樣排列的：

儒、道、陰陽、法、名、墨、縱橫、雜、農、小說

《漢書、藝文志》沿襲此說，但它輕視小說，認為「諸子十家，可觀者九家而已。」這樣農家仍是居於末位。此後目錄學著作，對諸子次序的排列和名目有所變化，但「儒」為首，「農」偏後是總趨勢。

到明代，胡應麟為突出小說的地位，在其《少室山房筆叢》裡，重列九家，把小說列為第七，農家位居第四，但他所列位居第二的雜家，兼含法家、名家和古雜家在內。將它們作為單例，則農家仍位居七、八。

紀曉嵐《四庫全書》，把諸子分為十四家，把農家升居第四，他在《濟眾新編新》之中明確說：

> 余校錄《四庫全書》，子部凡分十四家，儒家第一，兵家第二，法家第三，所謂禮樂兵刑，國之大柄也。農家、醫家，舊史多退之於末，余獨以農家居四，農者，民命之所關。

紀曉嵐上在學術上的新舉措，是頗有意思。不能簡單地視為傳統的重農思想，因為在同一傳統文化背景下，農家長期居於末位，紀曉嵐此舉，既有傳統的重農因素，更重要的是他經世實學思想的發揮。

農家作為科技，自然不如作為意識形態的儒家、法家、墨家、縱橫家聲名之大。但它作為國計民生的農耕知識，是不可忽視的。紀曉嵐深深懂得這一點，「民命之所關」，這就是他對這一問題的基本認識。紀曉嵐這一認識，貫串到他對前代典籍的評價上。他在《四庫全書總目提要》裡，推崇那些有裨於實用的農學書。

如稱《農桑輯要》：「蓋有元一代，以是書為經過要務也。……大致以《齊民要求》為藍本芟除其浮文瑣事，而雜採他書以附益之。詳而不蕪，簡而有要，於農家之中，最為善本。」再稱《農桑衣食撮要》：「明善此書，分十二月令，件系條別，簡明易曉，使種藝斂藏之書，開卷了然。」又稱《農書》：「其書典贍而有法。……圖譜中所載水器，尤於實用有裨。」

紀曉嵐的這種觀點，表明他對農事是頗為關心的。

紀曉嵐不是經濟學家，也沒有擔任過地方行政長官，他居官幾十年，擔任的是學官、禮官和監察官，但他對農事卻如此關心和重視，這也算是文人中的一奇。

## 閱微草堂筆記

紀曉嵐五十歲前後十餘年，致力於《四庫全書》的編撰和《四庫提要》的寫作，為中國文化史立下了一座豐碑。

晚年則追錄見聞，寫下了具有廣泛影響的《閱微草堂筆記》。

《閱微草堂筆記》由《灤陽消夏錄》、《如是我聞》、《槐西雜誌》、《姑妄聽之》、《灤陽續錄》五種筆記組成。分別寫於乾隆五十年、五十六年、五十七年、五十八年、《灤陽續錄》寫於承德避暑山莊，另外三種寫於海淀的《槐西老屋》。紀曉嵐在《灤陽消夏錄》序言中說：「時校理久竟，特督視吏題簽庋架而已。晝長無事，追錄見聞，憶及即書，都無體例。」當時是以公餘隨筆的形式出現，每寫一種即刊刻傳流。至嘉慶五年（一八〇〇年），方由門人盛時彥結集出版。以北京虎坊橋住宅書齋「微草堂」之名名書，故合刊合始稱《閱微草堂筆記》。

《閱微草堂筆記》全書二十卷四十萬字，寫有故事一千二百餘則。它的出現，形成了與早已流傳的著名筆記小說《聊齋志異》對峙的局面。當時筆記小說盛行，有兩種形式發展。一種是以《聊齋志異》開創的用傳奇法以志怪異的寫法，如乾隆間出現的《諧鐸》、《夜譚隨錄》、《螢窗異草》，另一種則是採用六朝志怪小說樸實無華的傳統紀實筆調，如《池北偶談・談異》、《今世說》、《子不語》，而《閱微草堂筆記》在這方面是它們的佼佼者，博得了當時士林的交口稱讚，加上當時紀曉嵐文名飲譽全國，權高位重，引起人們的注意，就勢所必然。

紀曉嵐的小說觀是保守的。也對那些虛構形象、刻畫細膩、情節曲折的小說，在《四庫提要》裡斥之為「誣謾失真，妖妄熒昕」，「猥鄙荒誕，徒亂耳目」，把許多優秀的傳奇、演義都從四庫中排斥出去。在他心目中的小說只限於「寓勸戒，廣見聞，資考證者」，所以他採取傳統的六朝志怪小說筆調。有人說這是紀曉嵐曾故意與《聊齋志異》唱對台戲。從感情上說也許如此，因為他的大兒子紀汝佶在泰安知府朱子穎那裡迷戀上《聊齋志異》，無意科考，後患病致死。對《聊齋志異》產生反感是自然的，但關鍵還是他的小說觀所決定。

紀曉嵐雖然採用六朝志怪的傳統筆法，但決不是那種質樸無華、敘述簡古的簡單重復，而是有發展和創新。它的語言既簡明、質樸而又淡雅、清新、富有韻味。記述人物，寥寥幾筆鮮明生動。篇幅雖然不長，但簡短的情節卻頗有起伏和曲折。所以，後來儘管有人不滿意他這種寫法，以《聊齋志異》作參照，斥責它走老路，但也不能不承認它是這方面風格典範性作品，魯迅在談到文言短篇小說藝術上發展上，就曾指出，它的一些藝術成就——「後來無人能奪其帝」。

《閱微草堂筆記》當時吸引人的重要原因還在於它的史實性。不是從虛構和想像出發，而是從記實的角度落筆。一千二百餘則作品，絕大多數，指明了故事來源，事件發生的時間和地點。記敘的鬼孤故事，也是以人親歷而講述出來。在真真幻幻之間給人一種真實感。

當時社會雖然已進入十七世紀，但神鬼怪異觀念還是相當濃厚，人們這種記述當中，可以得到一種心理上的滿足。讀者不是從小說角度來欣賞，而是把它作為事實來品味。特別是其中有不少是作者本人和朋友親歷的社會事件。如作者的家世、仕途的交往，福建、新的風土人情，這都是實實在在，可作為史料來引用。

《閱微草堂筆記》的內容是廣泛而多樣的，可以說是包羅萬象的雜記。既有神鬼怪異故事，又有家族、親友和本人的真實見聞；有扶乩、測字、又有直接發擬議論的說教、所記人物上自王公貴人，下至強盜、乞丐。涉及的地區多達幾個省市，有故鄉河北滄州地區河間，又有南運河和子牙河，熱河、北京、福建、新疆等。它是兼收並蓄，無所不包。作者無意塑造藝術形象，而是著眼於記述事件，所以當它作小說要求是不恰當的。它是實實在在的傳統的筆記體，只是賴於他的文筆和當時筆記小說盛行的影響，有的故事符合小說的要求。如後面我們將要引錄的李生的愛情故事。

所以《閱微草堂筆記》具有的是豐富的文化內涵，而不是小說意義上的界定，拿它與《聊齋志異》比較，從小說角度論短長是不公道的。

《閱微草堂筆記》的內容，引起今人注意是其中的夢兆和預測的記載。紀曉嵐以自身的經歷多次提到先兆和感應。如侍妾郭彩符的死，關帝廟籤文中即有『葉落霜凋寒色侵』的暗示，愛妾明玕的早逝，有她自作詩的讖語，又有紀曉嵐本人的夢境。紀曉嵐被貶烏魯木齊，事前也在為朋友題蕃騎射獵圖詩中寫到「一上天山雪打圍」。紀曉嵐被貶新疆之前，朋友為他畫一梅花橫幅，他戲題一詩，中有「風流畢竟讓桃花」之句，後來他到新疆去了，家裡的僕人，果然嫌梅花蔽黯，竟以一幅桃花更換。

如此種種，紀曉嵐覺得事有前定，感慨不已。事有前定，那當然是宿命論觀點，是不科學的，但一件事的發生，心理上是否有前兆，那倒是值得研究的。從這個意義上看，《閱微草堂筆記》有不少作品宣揚封建倫理和因果報應，這是不足取的。但也有不少作品反映了官吏的殘暴，人民的苦難，世情的淺薄，正直官員和人民的智勇與情操，以及饒有趣味的民情風俗，在這方面它與同類型的著作比較，也是領先的。所以，這是一部不可忽視的作品，在文化意義上有重要價值。

為略窺《閱微草堂筆記》的風貌，在這裡我們略舉幾類作品以示意。

## 胥吏

宏恩寺僧明心言：上天竺有老僧曾入冥。見猙獰鬼卒驅數千人在一大公廨外，皆褫衣反縛。有官南面坐，吏執簿唱名，一一選擇精粗，揣量肥瘠，若屠肆之鬻羊豕。意大怪之。見一吏官稍遠，是舊檀越，因合掌問訊：「是悉何人？」吏曰：「諸天魔眾皆以人為糧。如來運大神力，懾服魔王，皈依五戒。而部族繁夥，叛服不常。皆曰：『自無始以來，魔食眾人，如人食穀，佛能斷人食穀，我即不食人。』如是嘵嘵，即彼魔王亦不能制。佛以孽海洪波，沉淪不返，天問地獄已不能容，乃牒下閻羅，欲移此獄囚充彼啖噬。彼腹得果，可免荼毒生靈。十王共議：以民命所關，無如所令，造福最易，造福亦深。惟是種種冤衍，多非自作，冥司業鏡，罪有攸歸。最為民害者：一曰吏，一曰役，一曰官之親屬，一曰官之僕隸。是四種人，無官之責，有官之權。官或自願考試，彼則惟知牟利。依草附木，怙勢作威，足使人敲骨汲膏，吞聲泣血。四大洲內，惟此四種，惡業至多。是以清我泥犁，供其湯鼎；以白晰者、柔脆者、膏腴者、充魔王食；以粗材充眾魔食。故先為差別，然後發遣。其間業稍輕者，一經臠割烹庖，即化烏有；業重者，拋餘殘骨，吹以業風，還其本形，再供刀俎。自二、三度至千百度不一；業最重者乃至一日化形數度，剉剮燔炙無已時也。

僧額手曰：「誠不如削髮出塵，可無此慮。」

吏曰：「不然，其權可以害人，其力可以濟人。靈山會上，原有宰官，即此四種人，亦未嘗無逍遙蓮界者也。」

語訖忽寤。僧有侄在一縣令署，急馳書促歸，勸使改業。此事即僧告其侄，而明心在寺得聞之。

——卷六《灤陽消夏錄》六

## 豪強

景州李露園言：燕齊間有富室失偶，見里人新婦而艷之。陰遣一媼，稅屋與鄰，百計遊說，厚賂其舅姑，使以不孝出其婦。約勿使其子知。又別遣一媼與婦家素往來者，以厚賂遊說其父母，偽送婦還；舅姑亦偽作悔意，留之飯。已呼婦入室矣，俄彼此語相侵，仍互詬逐婦歸，亦不使婦知。於是實休賣休與母家同謀之事，俱無迹可尋矣。

既而二媼詐為媒，與兩家議婚。富室以憚其不孝辭，婦家又以貧富非偶辭。於是謀聚之計，亦無跡可尋矣。遲之又久，復有親友為作合，仍委禽焉。

其夫雖貧，然故士族，以迫於父母無罪棄婦，已怏怏成疾，猶冀破鏡再合。聞嫁有期，遂憤鬱死。死而其魂為厲，於富室合巹之夕，燈下現形，撓亂不使同衾枕，如是者數夜。

改卜其晝，婦又恚曰：「豈有故夫在旁而與新夫如是者，又豈有三日新婦而白日閉門如是！」大泣不從之。無如之何，乃延術士劾治。術士登壇焚符，指揮叱咤，似有所睹。遽起謝去，曰：「吾能驅邪魅，不能驅冤魂也。」延僧禮懺，亦無驗。

忽憶其人素頗孝，故出婦不敢阻。乃再賂婦之舅姑，使諭遣其子。舅姑雖痛子，然利其金，舅姑共來怒詈。鬼泣曰：「父母見逐，無復住理，且訟諸地下耳。」從此遂絕。

不半載，富室竟死。殆訟得直歟？

富室是舉，使鄧思賢不能訟，使包龍圖任能察。且持其錢神，至能驅鬼，心計可謂巧矣！

——卷廿一《灤陽續錄》三

余嘗買羅小墨十六鋌，漆匣黯敝，真舊物也。試之，乃博泥而染以黑色，其上白霜亦庵於濕地所生；

又丁卯鄉試，在小寓買燭。爇之不燃，乃泥質而冪以羊脂；

又燈下有唱賣鑪鴨者，從兄萬周買之。乃盡食其肉而完其全骨，內傅以泥，外糊以紙，染為炙之色，塗以油。惟兩掌、頭頸為真；

又奴子趙平以一千錢買得皮靴，甚自喜。一日驟雨，著以出，徒跣而歸。蓋鞹（靴筒）則烏油高麗紙揉作皺紋，底則糊粘敗絮，緣之以布。

其他作偽多類此，然猶小物也。

有選人見對門少婦甚端麗，問之，乃其夫遊幕，寄家於京師，與母同居。越數月，忽白紙糊門，合家號哭，則其夫訃音至矣！設位祭奠，誦經追荐，亦頗有悼者。既而漸鬻衣物，云乏食，且議嫁。選人因贅其家。又數月，突其夫生還，始知為誤傳凶問。夫怒甚，將訟官，母女哀吁，乃盡留其囊篋，驅選人出。越半載，選人在巡城御史處，見此婦對簿，則先歸者乃婦所歡，合謀挾取選人財，後其夫真歸而敗也。黎邱之技，不愈出愈奇乎！

又西域有一宅，約四十五楹，月租二十餘金。有一人住半載餘，恒先期納租，因不過問。一日忽閉門去，不告主人，主人往視，則縱橫瓦礫，無復寸椽，惟前後臨街屋僅在。蓋是宅前後有門，居者於後門設木肆，販鬻屋材，而陰拆房內之梁柱門窗，間雜賣之。各居一巷，故人不能覺。累棟連甍，搬運發跡，尤神乎技矣！

然是五六事，或以取錢值，或以取便宜，因貪受餌，其咎亦不盡在人。錢文敏公曰：「與京師人作緣，斤斤自守，不入陷阱已幸矣！稍見便宜，必藏機械，神奸巨蠹，百怪千奇，豈有便宜到我輩。」誠哉是言也。

——卷十七《姑妄聽之》三

## 儒學

先姚安公曰：「子弟讀書之餘，亦當使略知家事，略知世事，而後可以治家，可以涉世。明之季年，道學彌尊，科甲彌重，於是黠者坐講心學以攀援聲氣，樸者株守課冊以求取功名，致讀書之人十無二三能解事。

崇禎壬午，厚齋公攜家居河間，避孟村土寇。厚齋公卒後，聞大兵將至河間，又擬鄉居。瀕行時，比領一叟顧門神嘆曰：『使今日有一人如尉遲敬德、泰瓊，當不至此！』汝兩曾伯祖，一諱景生，一諱景辰，皆名諸生也。方在門外束襆被，聞之與辯曰：『此神荼、鬱壘像，非尉遲敬德、秦瓊也！』叟不服，檢邱處機《西遊記》為證。

二公謂委巷小說不是據；又入室取東方朔《神異經》與爭。時已薄暮，檢尋既移時，反復講論又移時，城門已闔，遂不能出。次日將行而大兵已合圍矣。城破，遂全家遇難。惟汝曾祖光祿公，曾伯祖鎮番公及叔祖雲台公存耳。死生呼吸間不容髮之時，尚考證古書之真偽，豈非惟知讀書不預外事之故哉？」

姚安公此論，余初作各種筆記皆未敢載，為涉及兩曾伯祖也。今再思之，書痴尚非不佳事，古來大儒似此者不一。因補書於此。

——卷二十一《灤陽續錄》三

## 智勇

雍正壬子六月，夜大雷雨，獻縣城西有村民為雷擊。縣令明公晟往驗，飭棺殮矣。越半月餘，忽拘一人訊之曰：「爾買火藥何為？」曰：「以取鳥。」詰曰：「以銃擊雀，少不過數錢，多至兩許，是一日用矣。爾買二三十斤，何也？」曰：「備多日之用。」又詰曰：「爾買藥未滿一月，計所用不過一二斤，其餘今貯何處？」其人詞窮。刑鞫之，果得因奸謀殺狀，與婦並伏法。

或問何以知為此人，曰：「火藥非數十斤，不能偽為雷，合藥必以硫磺。今方盛夏，非年放爆竹時，買硫磺者可數。吾陰使人至市，察買硫磺者誰多？皆曰某匠。又陰察某匠賣藥於何人。皆曰某人。是以知之。」

又問何以知雷為偽作。曰：「雷擊人，自上而下，不裂地。其或毀屋，亦自上而下。今苫草、屋梁皆飛起，土炕之面亦揭去，知火從下起矣。又此地去城五六里，雷電相同。是夜雷電雖迅速，然皆盤繞雲中，無下擊之狀。是以知之。爾時其婦先歸寧，難以研問，故必先得是人，而後婦可鞫。」此令可謂明察矣。

——卷四《灤陽消夏錄》四

## 俠義

張太守墨谷言：德景間有富室，恒積穀而不積金，防劫盜也。康熙雍正間，歲頻歉，米價昂，閉廩不肯糶升合，冀價再增。鄉人病之而無如何。

有角妓號玉面虎者，曰：「是易與！第備錢以待可耳。」乃自詣其家曰：「我為鴇母錢樹，鴇母顧虐我，昨與勃谿，約我以千金自贖；我厭倦風塵，願得一忠厚長者托終身，念無如公者。公能捐千金，則終身執巾櫛。聞公不喜積金，即錢二千貫亦足抵。昨有木商聞此事，已回津取貲，計其到，當在半月外。我不願隨此庸奴，公能於十日內先定，則受德多矣！」張故惑此妓，聞之驚喜，急出穀賤售。廩已開，買者紛至，不能復閉，遂空其所積，米價大平。

穀盡之日，妓遣謝富室曰：「鴇母養我久，一時負氣相詬，致有是議。今悔過挽留，義不可負心，所言俟諸異日。」

富室原與私約，無媒無證，無一錢聘定，竟無如何也。

此事李露園亦言之，當非虛謬。聞此妓年十六七，遽能辨此，亦女俠哉！

——卷十《姑妄聽之》四

愛情

太白詩曰：「徘徊映歌扇，似月雲中見；相見不相親，不如不相見。」此為冶遊言也。人家夫婦有睽離阻隔，而日日相見者，則不知是何因果矣。

郭石洲言：中州有李生者，娶妻旬餘而母病，夫婦更番守侍，衣不解結者七八月。母歿後，謹守禮法，三載不肉宿。後貧甚，同依外家，外家亦僅僅溫飽，屋宇無多，掃一屋留居，未匝月，外姑之弟遠就館，送母來依姊，無室可容乃以母與女共一室，而李生則別榻書齋，僅早晚同案食耳。

閱兩載，李生入京規進取；外舅亦携家就幕江西。後得信，云婦已卒，李生意氣懊喪，益落拓不自存，仍附舟南下覓外舅。外舅已別易主人，隨往他所。無所棲托，姑賣字糊口。

一日市中，遇雄偉丈夫聚視其字，曰：「君書太好！能一歲三四十金，為人書記乎？」李生喜出望外，即同登舟。烟水渺茫，不知何處。至家，供張亦甚盛。及觀所屬筆札，則綠林豪客也。無可如何，姑且依止。慮有後患，因詭易里籍姓名。

主人性豪侈，聲伎滿前，不甚避客，每張樂必召李生。偶見一姬，酷肖其婦，疑為鬼，姬也時時目李生，似曾相識，然彼此不敢通一語。蓋其外舅江行，適為此盜所劫，見婦有姿首，並掠以去。外舅以為大辱，急市薄棺，詭言女中傷死，偽為哭殮，載以歸。婦憚死失身，已充盜後房，故於是相遇。然李生信婦已死，婦又不知李生改姓名，疑為貌似，故兩相失。大抵三五日必一見，見慣亦不復相目矣。如是六七年。

一日，主人呼李生曰：「吾事且敗，君文士不必與此難，此黃金五十兩，君可懷之，藏某處叢荻間。候兵退，速覓漁舟返，此地人皆識君，不慮其不相送也。」語訖，揮手使急去伏匿。未幾，聞哄然格鬥聲，既而聞傳呼曰：「盜已全隊揚帆去，且籍其金帛婦女！」時已曛黑，火光中窺見諸樂伎，皆披髮肉袒，反接繫頸，以鞭杖驅之行。此姬亦在內，驚怖戰慄，使人心惻。

明日，島上無一人，痴立水次良之，忽一人棹小舟呼曰：「某先生耶？大王故無恙，且送先生返。」行一日夜至岸，懼遭物色，乃懷金北歸。至則外舅姑已先返，仍住其家。貨所攜，漸穀豐，念夫婦至相愛，而結褵十載，始終無一月共枕席，今物力稍充，不忍終以薄棺葬，擬易佳木，且欲一睹其遺骨，亦夙昔之情。外舅力阻不能止，詞窮吐實。

急兼程至豫章，冀合樂昌之鏡。則所俘樂伎分賞已久，不知流落何所也。每回憶六七年中，咫尺千里，輒惘然如失；又回憶被俘時，縲絏鞭笞之狀，不知以後摧折更復若何，又輒腸斷也。從此不娶，聞後竟為僧。

——卷十五《姑妄聽之》一

## 因果

文安王氏姨母，先太夫人第五妹也。言未嫁時，坐度帆樓中，遙見河畔一船，有宦家中年婦伏窗而哭，觀者如堵。

乳媪啟後戶往視。言是某知府夫人，晝寢船中，夢其亡女為人執縛宰割，呼號慘切，悸而寤，聲猶在耳，似出鄰船。遣婢尋視，則方屠一豚子瀉血于盎未竟也。夢中見女縛足以繩，縛手以紅帶，復視其前足，信然。益悲愴欲絕，乃倍價贖而瘞之。

其僮僕私言：此女十六而歿，存日極柔婉，唯嗜有鷄，每飯必具；或不具則不舉筯。每歲恒割鷄七八百。蓋殺業云。

——卷七《如是我聞》三

姚安公（紀曉嵐父親）未第時，遇扶乩者，問有無功名。判曰：「前程萬里。」又問登第當在何年。判曰：「登第卻須候一萬年。」章謂或當由別途出。及癸巳萬壽恩科登第，方悟萬年之說。後官雲南姚安知府，乞養婦，遂未再出。並前程萬里之說亦驗。

大抵幻術多手法捷巧。惟扶乩一事，則確有所憑附，然皆靈魂之能文者爾。所稱某神某仙，固屬假托，即自稱某代某人者，以本集中詩文，亦多云年遠忘記，不能答也。其扶乩之人，遇能書者則書工，遇能詩中即詩工，遇全不能詩不能書者，則雖成篇而遲鈍。

余能詩而不能書，從兄坦居能書而不能詩。余扶亂，則詩敏捷而書潦草。坦君扶乩，則書清整而詩淺率。余與坦君實皆未容心，蓋亦借人之精神始能運動，所謂鬼不自靈，待人而靈也。著龜本枯草朽甲，而能知吉凶，亦待人而靈耳。

——《灤陽消夏錄》四

汪旭初言：見扶乩者，其仙自稱張紫陽。叩以《悟真篇》，弗能答也。但判曰：「爾過「金丹大道，不敢輕薄而已。」會有僕婦竊貲逃，僕叩問尚可追捕否？仙判曰：「爾過去生中，以財誘人買其妻，又誘之飲博，仍取其財；此人今世相遇，誘汝婦逃者——買妻報；並竊貲者——取財報也。冥數先定，追捕亦不得，不如已也」旭初曰：「真仙自不妄語。然此論一出，凡奸盜皆諉諸夙因，可勿追捕，不推波助瀾乎？」乩不能答。有疑之者曰：「此扶乩人多從狡獪惡少遊，安知不有人匿僕妻，而教之作此語？」陰使人偵之。薄暮，果赴一曲巷。登屋脊密伺，則聚而呼盧，僕婦方艷飾行酒矣。潛呼邏卒圍所居，乃弭首就縛。

律禁師巫。為奸民竄伏其中也。故乩仙之術，士大夫偶然遊戲，唱和詩詞，執諸觀劇則可；若藉卜吉凶，君子當怖其術也。

——卷十一《槐西雜誌》

## 夢兆

從孫樹寶，鹽山劉氏也。言其外祖有至戚，生七女，皆已嫁。中一婿，夜夢與僚婿六人，以紅繩聯繫，疑為不祥。

會其婦翁歿，七婿背赴弔。此人憶是噩夢，不敢與六人同眠食。偶或相聚，亦稍坐即避出。怪詰之，具述其故。皆疑其別有所嫌，托是言也。

一夕，置酒邀其鄉，而私鍵其外戶，使不得遁。突殯宮火發，竟七人俱燼。乃悟此人無是夢，則不避六人，不避六人則主人不鍵戶，不鍵戶，則七人未必盡焚。神恃以一夢誘之，使無一得脫也。

此不知是何夙因？同為此家之婿，同時而死，又不知是何夙因？七女同生於此家，同時而寡，殆必非偶然矣。

——《姑妄聽之》二

侍姬明玕，粗知文義，亦能以常言成韻語。嘗夏夜月明，窗外夾竹桃盛開，影落枕上。因作花影詩曰：「絳桃映月數枝斜，影落窗紗透帳紗。三處婆娑花一樣，只憐兩處是空花。」意頗自喜。前年竟病歿。其婢玉台，侍余二年餘，年甫十八，亦相繼夭逝。兩處空花，遂成詩讖。氣機所動，作者殊不自知也。

——《灤陽續錄》一

除上述作品外，尚有語資、考證、詩話、風俗、哲理方面的篇章，有的寓哲理的故事，直至今日也是一個是非難辨的問題，如卷十《如是我聞》中的一篇：

吳惠叔言：醫者某生素謹厚。一夜有老媼持金釧一雙就買墮胎葯，醫者大駭，峻拒之。次夕，又添持珠花兩枝來。醫者益駭，力揮去。

越半載餘，忽夢為　司所拘，言有訴其殺人者。至，則一披髮女子，項勒紅巾，泣陳乞藥不與狀。

醫者曰：「藥以活人，豈敢殺人以漁利！汝自以奸敗，於我何尤？」

女子曰：「我乞藥時，孕未成形，倘得墮之，我可不死，是破一無知之血塊，而全一待盡之命也；既不得藥，不能不產，以至子遭扼殺，受諸痛苦，我亦見逼而就縊，是汝欲全一命，反戕兩命矣！罪不歸汝，反歸誰乎？」

冥官喟然曰：「汝之所言，酌乎事勢；彼所執者，則理也。宋以來固執一理，而不揆事勢之利害者，獨此人也哉？汝且休矣！」拊几有聲，醫者悚然而悟。

這則和鬼打官司的故事，醫生和鬼各有道理，使閻王難以決斷，最後只好把帽子扣在宋儒頭上，讀來是令人深思的。

《閱微草堂筆記》是紀曉嵐僅次於《四庫全書總目提要》影響廣泛的作品。

## 說夢

我國古代夢文化相當發達，在這個文化倉庫裡，紀曉嵐也有一份功勞。他在《閱微草堂筆記》裡記載的夢兆故事及其對夢的解釋，為夢文化增添了不少色彩。我們先試看幾則夢兆故事：

〈其一〉

戈孝廉仲坊，丁酉鄉試後，夢至一處，見屏上書絕句數首。醒而記其兩句曰：「知是蓬萊第一仙，因何清淺幾多年？」

壬子春，在河間見景州李生，偶話其事。李駭曰：「此余族弟屏上近人題梅花作也。句殊不工，不知何以入君夢？前無姻緣，後無徵驗，《周官》六夢，竟何所屬乎？」

——《姑妄聽之》二

〈其二〉

從孫樹寶，鹽山劉氏甥也。言其外祖有至戚，生七女，皆已嫁。中一婿，夜夢與僚婿六人，以紅繩連繫，疑為不祥。

會其婦翁歿，七婿皆赴弔。此人憶是噩夢，不敢與六人同眠食；偶或相聚，亦稍坐即避出。怪詰之，賜述其故。皆疑其別有所嫌，托是言也。

一夕，置酒邀共飲，而私鍵其外戶，使不得遁。突殯宮火發，竟七人俱燼。乃悟此人無是夢，則不避六人，不避六人則主人不鍵戶，不鍵戶，則七人未必盡焚。神恃以一夢誘之，使無一得脫也。

此不知是何夙因？同為此家之婿，同時而死，又不知是何夙因？七女同生於此家，同時而寡，殆必非偶然矣。

——《姑妄聽之》二

〈其三〉

江編修守和為諸生時，夢其外祖史主事珥攜一人同至其家，指示之曰：「此我同年紀曉嵐，將來汝師也。」因竊記其依冠形貌。後以己酉拔貢應廷試，值余閱卷，擢高等。授官來謁時，具述其事，且云衣冠形貌，與今毫髮不差，以為應夢。

迨嘉慶丙辰會試，余為總裁，其卷適送余先閱，（凡房官荐卷，皆由監試御史先送一主考閱定，而復轉輪公閱。）復得中式，殿試以第二人及第。乃知夢為是作也。

——《灤陽續錄》三

在這三則故事裡，對一、二則故事，紀曉嵐沒有多加解釋，只是客觀記述事實。第三則故事寫於一七九八年，是記錄在《閱微草堂筆記》中最後一種筆記。大概由於前面已記有不少夢兆故事，有必要對其成因進行探索，於是在這則〈故事之後〉，對夢兆進行了總結性的描述。

他認為夢有四種：一是「意識所造之夢」，如孔子夢見周公，這是因為「念所專注」，凝神生象所致；二是「氣機所感之夢」，如孔子夢奠兩楹，這是因為「禍福將至，朕兆先萌」的結果；三是「意想歧出之夢」，如病中見鬼，眩者生花，這是因「精神恍惚，心無定主，遂現種種幻形」；四是「氣機旁召之夢」，這是由於從「吉凶未著，鬼神先前知，以象顯示，以言寓微。」

這四種夢的分析，紀曉嵐有對有錯。夢是人類與生俱來的一種自然現象，是人體的一種奇特而神秘的心理活動和體驗，它並不是不可理解，而是可以作出科學解釋的。俗話說「心有所感，夜有所夢」，這就是紀曉嵐說的第一種夢，第三種夢也容易理解，病中意識不清，產生幻覺那是自然的。至於第二、第四種夢那就比較玄了，是否有必然性那就需要探索了，這是一個長期糾纏不清的問題。

紀曉嵐分析了這四種夢之後，又對占夢提出了看法。所謂占夢就是對夢象作出的解釋。這在古代有種種方法，如正說占夢、反說占夢、諧音與反切占夢、拼字占夢、拆字占夢等。所謂正說占夢，即按夢象實情占斷。所謂反說占夢，即夢喜得憂，夢憂得喜，從反向解釋。所謂諧音與反切占夢，是根據夢象中語言的字音，借助中國文字同音同假的原理來占夢。如《南史．吉士瞻傳》，載吉士瞻夢積鹿皮十一領，醒來後，吉大喜，以為「鹿」諧「祿」之音，當有十一個官位。所謂拼字占夢，是根據夢象中語言的字形，按照部首或筆劃，組成別的詞和字，以解釋夢意。如《晉書．王濬傳》，載王濬為廣漢太守時，夢見屋樑上懸著三把刀子，後又「益」（增加）了一把。當時就有人祝賀他將為益州刺史。因為隸書「州」字近於並列的三個刀字，增加一把刀就是「益」，所以應到益州去。後果然應驗。所謂拆字古夢，那是與拼字占夢相對，這是把夢象中與夢者有關的字，拆成另一些有連貫意義的詞或字，以此占斷夢意。《塵談》載，劉邦為序長時，夢見追趕一隻羊，把羊的雙角和尾巴拔掉了，占夢者就說：「羊無角尾，王也。」這種種占夢的把戲，五花八門。紀曉嵐覺得：

> 占夢之說，見於《周禮》，事近祈禳，禮參巫覡，頗為攻《周禮》者所疑。然其文亦見於《小雅》「大人占之」，固鑿然古經載籍所傳，雖不免多所附會，要亦實有此術也。

他認為古籍中所載和後來發展的占夢術，有牽強附會的嫌疑。為了說明這個問題，他列舉了幾個例證：

> 惟是男女之愛，骨肉之情，有凝思結念，終不一夢者，則意識有時不能造。倉卒之患，意外之福，有忽至而不知者，則氣機有時不必感。且天下之人，如恆河沙數，鬼神何獨示夢於此人？此人一生得失，亦必不一，何獨未夢於此事？且事不可洩，何必示之？既示之矣，而又隱以不可知之象，疑以不可解之語，是鬼神造謎語，不亦勞乎？事

關重大，亦夢可也；而猥瑣小事，亦相告語，不亦褻乎？

這一段話幾個反問，揭穿了夢象的不可靠性、所以他最後說：

「大抵通其所可通，其不可通者，置而不論可矣。」

這就是說，解說得通的就信，解釋不過的就另當別論。這看出他對夢象的解釋，是既相信而又有所保留的。

長期以來，人們對夢的體驗、解釋、探索、占斷，並把它記錄下來，這就形成了夢文化。我國的夢文化深遠流長，豐富多彩，它大致分三條線索向前發展。

一、是向占卜吉凶福禍的方向發展，這在民間習俗中佔很大比重。

二、是向哲學方向發展，這是對人生觀的參透。

三、是作為藝術境界在文學中發展，這造成了不少優秀的文學作品。紀曉嵐的解說，是就第一條發展線索而申論的。

## 談鬼

鬼是什麼，這在中國古代神秘文化中，是一個眾說紛紜的問題。因為所謂鬼，只是人們心靈上一個幻影，所以婆有婆解，公有公解，誰也說不明白。

紀曉嵐受傳統的影響，鬼的觀念很濃，他有時說得煞有介事，有時又禁不住提出疑問。在《閱微草堂筆記》裡記載的鬼的故事。透露出這種心情。

紀曉嵐充軍烏魯木齊，在軍中任書記。一日，有軍吏拿來幾十張關文，請他蓋印簽發，軍吏說：「凡客死於這裡的，棺木回歸故里，照例給路牒，否則魂不得入關。」

路牒上寫：「為給照事，照得某處某人，年若干歲，某年某月某日在本處病故。今親屬搬柩回籍，合行給照。為此牌仰沿路把關守隘鬼卒，即將該魂驗實放行，毋得勒索留滯，致干未便。」

紀曉嵐看到關文文詞鄙誕，又要蓋墨印，而不用朱印，以為胥吏托詞以謀錢財，於是呈請將軍廢除這種作法。

不料，事隔不久，城西墟墓中，常有鬼哭。有人說這是鬼沒有過關路牒，不得回故鄉之故。紀曉嵐不相信。隔數日，又有人報告，鬼哭的聲音靠近城下，紀曉嵐仍不理睬。次日，鬼哭的聲音卻在紀曉嵐臥室的窗外響起來，紀曉嵐以為是胥吏搗鬼，忙走出室外查看。其時月明如晝，卻未見人。這時紀曉嵐始信鬼哭之說，於是簽發了關文，這一夜便沒有聽到鬼哭了。紀曉嵐《烏魯木齊雜詩》中有一首詩便是記述此事，詩云：「白草颼颼接冷雲，關山疆界是誰分，幽魂來往隨官牒，原鬼昌黎竟未聞。」

這則故事，紀曉嵐說得活靈活現，看來鬼確有其事。可是他對鬼，有時又情不自禁發出疑問，他在另一則故事裡，直言不諱地說：

人死者，魂隸冥籍矣。然地球圓九萬里，徑三萬里，國土不可以數計，其人當百倍中土，鬼亦當百倍中土。何游冥司者，所見皆中土之鬼，無一徼外之鬼耶？其在各有閻羅王耶？

這問題提得很尖銳，是呀，世界那麼大，有中國鬼，為何沒有外國鬼呢？閻羅王到底是一個，還是有幾個？這對相信鬼魂之說的人，無疑是敲響一座警鐘。他對鬼的輪迴問題亦提出疑問，他在一則故事裡說：

謂鬼無輪迴，則自古至今，鬼日日增，將大地不能容。謂鬼有輪迴，則此死彼生，旋即易形而去，又當世間無一鬼。販夫田婦，往往轉生，似無不輪迴者。荒阡廢冢，往往見鬼，又似有不輪迴者。

他對鬼象的多種矛盾，實在解說不通。從他這種反問中，我們看出他對鬼實有不少質疑。對鬼是什麼？在《姑妄聽之》四一則故事裡，他說得更是明白。他借一不怕鬼的書生與鬼的對話，表明他的看法，對話的原文是：

問：「敢問為鬼時何似？」

曰：「一脫形骸，即已為鬼，如繭成蝶，亦不自知。」

問：「果魂升魄降，還入太虛乎？」

曰：「自我為鬼，即在此間。今我全身現與君對，未嘗隨絪縕元氣，升降飛揚。子孫祭時始一聚，子孫祭畢則散也。」

問：「果有神乎？」

曰：「鬼既不虛，神自不妄。譬有百姓，必有官師。」

問：「先儒稱雷神之類，皆旋生旋化，果不誣乎？」

曰：「作措大時，飽聞是說。然竊疑霹靂擊格，轟然交作，如一雷一神，則神之數多於蚊蚋；如雷止神滅，則神之壽促於蜉蝣。以質先生，率遭呵叱。為鬼之後，乃知百神奉職，如世建官，皆非頃刻之幻影。恨不能以所聞見，再質先生。然爾時擁皋比者，計為鬼已久，當自知之，無庸再詰矣。大抵無鬼之說，聖人未有。諸大儒恐人諂瀆，故強造斯言。然禁沈湎可，並廢酒醴則不可；禁淫蕩可，並廢夫婦則不可；禁貪婪可，並廢財貨則不可；禁鬭爭可，並廢五兵則不可。故以一代盛名，挾千百萬億朋黨之助，能使人噤不敢語，而終不能愜服其心，職是故爾。傳其教者，雖心知不然，然不持是論，即不得稱為精義之學，亦違心而和之曰，理必如是之耳。君不察先儒矯枉之意，生於相激，非其本心；然儒辟邪之說，壓於所畏，亦非其本心。竟信儒者，真謂無鬼神，皇皇質問，則君之受紿久矣。

這段話，本意是借人鬼問答，斥責宋儒的偏激，但它對鬼的由來和形質作了說明，可也算是對鬼的銓釋。

人死如煙，從科學觀點看，鬼當然是不存在的。但從宗教和文藝觀點看，鬼又是不可少的。鬼的存在，給人類抹上了一層愚昧和落後的色彩，但也創造了不少神話和優美的藝術境界，以及借此表露愛憎的機會。

紀曉嵐的鬼論，也為鬼文化添上了有趣的一筆。

## 測字之驗

紀曉嵐一生有很多偶合事件，夢兆是其中之一，測字應驗當是當中的一項。他對這些印象很深，鄭重其事地予以記載，說來是頗有趣的。

他在兩次重要事件揭曉之前測過字。

一次是乾隆甲戌十九年的殿試。殿試後尚未傳臚唱曉，他到友人董文恪家閑坐，遇上一浙江籍文士劉某，談笑風生，說會測字。

對測字預卜占凶，紀曉嵐心中沒底，半信半疑。劉某見他心存疑慮，說道：

「崇禎皇帝測字，一一應驗，仁兄難道不知？」

紀曉嵐說：「願聞其詳。」

劉某遂說起崇禎皇帝測字的故事——

崇禎末，李自成兵臨北京城下。崇禎帝惶惶不安，派太監外出打探民情。太監改裝來到一個測字攤前，說測一「友」字。

測字的問：「測何事。」

太監說：「國家大事。」

測字的看了太監一眼，驚嘆地說：

「『友』為『反』字出頭，反賊已猖獗矣！」

太監聽了很緊張，忙改口說：

「不是朋友的『友』而是有無的『有』。」

測字的說：「這更不妙，大明江山去了一半。」

（大明二字各去一半，合起來正為『有』字。）

太監很懊惱，又改口說：

「非有無之『有』，乃申酉之『酉』耳。」

測字的嘆了一口氣，搖著頭說：

「這愈說愈糟。」

「那又怎麼了。」太監問。

「『尊』字斬頭截　為『酉』字，」測字的壓低聲音說，「恐怕當今至尊難保矣！」

後來李自成果然攻陷京師，崇禎帝自縊而死。

劉某說完這個故事，望著紀曉嵐道：「你看何如？」

董文恪要紀曉嵐測測殿試。

紀曉嵐見劉某說得神乎其神，便提筆寫了一個「墨」字。

劉某端詳了一下「墨」字，失聲道：

「不幸得很，紀兄不能獨佔鰲頭了。」

「呵——」紀曉嵐與董文恪同時驚叫起來，忙問：「何以見得？」

劉某解釋道：「墨字的上半為『里』，拆開來是『二甲』兩字，所以說一甲（狀元、榜眼、探花）無望，而是二甲進士了。」

「那將又如何呢？」董文恪又急切追問。

「墨字中有四點，」劉某接著說，「四點乃庶字腳，下又有土字，似吉字頭，想必將點庶吉士（庶吉士是翰林院的官名）。」

傳臚那天，紀曉嵐唱為二甲第一名進士，改庶吉士，果然為劉某所言。令人驚嘆不已！

再一次是乾隆三十三年，因鹽案洩密，被臨時關押期間。關押的看守中，有一董姓軍官待紀曉嵐很好，他會測字。紀曉嵐不知將來的命運如何，便取董軍官姓，寫「董」字請他測。董某說：「董字下為『重』字，重為千里二字構成，公將遠戍。」

遠戍之後如何，紀曉嵐又寫了一「名」字請他測。

「名字下為口字，上為外字偏旁，遠戍將在口外。外字偏旁夕，夕日在西，可能是西域的地方。」

「果真如此，那我還能回來麼？」紀曉嵐問。

董某說：「名的形狀，像君字、召字，將來必能賜還。」

「可在哪一年呢？」紀曉嵐又問。

「口字是四字的外圍，」董某用手指頭比劃一下說，「中間缺兩筆，是不足四年吧！」

「今年是戊子，再過四年是辛卯。」紀曉嵐插了一句。

「對了！」董某說。「夕字如卯字的偏旁，正好符合。」

後來，果然被謫戍西域，並在辛卯六月召還。

紀曉嵐對這兩次測字的應驗，印象很深，把它記載在《閱微草堂筆記》裡。他不明白其中的道理，把它歸為「蓋精神所動，鬼神通之；氣機所萌，形象兆之。與揲蓍灼龜事同一理，似神異而非神異也。」在當時情況下，他只能有這種解釋了。

測字實際也是一種占卜，只是這種占卜不是利用蓍草龜甲，而是從字形來猜測而已。漢字的特點是由筆劃組成，有偏旁部首，可以離合增減。漢字又可以橫看、豎看、倒看，這樣就可以作出多種多樣解釋了。

前來求測者要說明所問何事，他們的神態和心情也在測字者的觀察和揣摩之中，因此要言中幾句是不困難的。如上述崇禎帝測字之事，那就是根據當時的時局揣摩出來的。紀曉嵐的這兩次，又何嘗不與他的心情和處境有關。只要解說得活，應驗的範圍就寬了，測字運用的是一種詭辯術。紀曉嵐自然不明白這些，但他也意識到似神非神，係「氣機所萌」，這已很不簡單了。「氣機」是什麼，這是一個有待研究的問題。

除測字應驗之外，紀曉嵐還記述了別的一些應驗之事，有一事很怪，現附錄於此。

紀曉嵐說，有這樣一種民俗：凡人病重時，暗暗剪下病人內衣一片，燒化後，灰有白紋，斑駁如篆籀者，則必死，無字跡者則生。或者用聯紙為衣，縫合不用漿糊，用秤錘在搗衣砧上捶，看其縫合與否。能縫合者即死，不合者即生。紀曉嵐說，此事十之八九有驗。如記述無誤，那就是一樁怪事了，不知今天民間什麼地方尚有無此種作法。

## 扶乩的疑信參半

扶乩，又稱扶鸞、扶箕。因傳說神仙下凡，峨冠博帶，乘鸞駕鳳，所以稱扶鸞，又因扶乩需用工具畚箕，所以又有扶箕的稱呼。扶即「扶架子」，乩指「卜以問疑」，這是一種詢問吉凶的方術。

作法和工具各朝和不同地區略有不同，但大致作法和用具是相同的。一般由兩人用手指各執「丁」字形的木製乩筆一端（也有用畚箕插上一支筷子，然後倒轉來做乩筆），這兩人一人是扶乩者，一人是問卜者。讓乩筆底端造近預先設置的沙盤。然後由扶乩主持者請神，由神的意旨指使乩筆在沙盤上寫字，由寫下的字或畫出的畫，判斷吉凶。

此術治於唐代，盛於明清。明代嘉靖皇帝特別青睞此術，把會扶乩的道士藍道行召入朝中，將把批評扶乩是欺人之術的吏部尚書熊浹，削去官職。到清代此術仍然盛行，上自公卿大夫，下至販夫走卒，都相信扶乩之術。紀曉嵐迷信觀念很濃，他開初也相信此術。並以自己的親身經歷證實這個問題。他在六十五歲寫的《灤陽消夏錄》裡回憶說：

姚安公未第時，遇扶乩者，問有無功名。

判曰：「前程萬里。」

判曰：「登第卻須候一萬年。」意謂或由別途進身。及癸巳萬壽恩科登第，方悟萬年之說。後官雲南姚安府知府，乞養歸，遂未再出。並前程萬里之說亦驗。

大抵幻術多手法捷巧。惟扶乩一事，則確有憑附，然皆靈鬼之能文者耳。所稱某神某仙，固屬假托，即自稱某代某人者，叩以本集中詩文，亦多云年遠忘記，不能答也。其扶乩之人，遇能書者則書工，遇能詩者即詩工，遇完全不能詩不能書者則雖成篇而遲鈍。

余稍能詩而不能書，從兄坦居能書而不能詩。余扶乩，則詩敏捷而書潦草，坦居扶乩，則書清整而詩淺率。余與坦居實皆未容心。蓋亦借人之精神始能運動，所謂鬼不自靈，待人而靈也。蓍色本枯草朽甲，而能知吉凶，亦待人而靈耳。

紀曉嵐說得那麼活靈活現，似乎確有其事。

可是，三年後他在寫《槐西雜誌》時，又舉出了相反的例證：

乾隆十七年，紀曉嵐的門人吳惠叔等有一次正在扶乩，恰好弈棋國手程思孝在場。有人問乩仙：「仙善弈否？」

乩仙判曰：「能。」

於是程思孝與乩仙對弈，乩仙由判辭指示棋子弈法。

起初，程思孝面對乩仙惶恐不敢出擊，後見其棋藝平平，放手攻擊，乩仙大敗。滿室嘩然，乩仙乃大書數語：「吾本幽魂，暫來遊戲。托名張三豐耳。因粗解弈，故爾率答，不虞此君之見困，吾今逝矣。」

吳惠叔覺得受了愚弄。

紀曉嵐笑道：「一敗即吐實，猶是長安道上鈍鬼也。」他開始覺得這其中頗有疑問。

七年後，他在七十五年歲寫《灤陽續錄》時，又記述了一件扶乩的事，這故事當場拆穿了扶乩的騙人把戲。

乾隆二十七年，又是門人吳惠叔請乩仙。地點在紀曉嵐家中綠意軒。

乩仙的下壇詩云：

沈香亭畔艷陽天，斗酒曾題詩百篇。

二八嬌嬈親捧硯，至今身帶御爐煙。

滿城楓葉薊門秋，五百年前感舊遊。

偶與蓬萊仙子遇，相攜便上酒家樓。

紀曉嵐問：「此是青蓮居士（李白）詩耶？」

判曰：「然。」

在場的趙春澗禁不住站起來問道：「大仙斗酒百篇，似不在沈香亭上。楊貴妃馬嵬隕玉，年已三十有八，似爾時不止十六歲。大仙平生足跡，未至漁陽，何以忽感舊遊？天寶至今，亦不止五百年，何以大仙誤記？」一席話，揭穿了乩仙的胡說。

這時乩仙慌了手腳，判曰：「吾醉欲眠。」再叩，則不再答。

原來扶乩者只粗解吟詠，故胡亂搭配。事後紀曉嵐與戴震談及，戴震也說曾見一扶乩者說是李白降壇，寫的也是這兩首詩，只是個別字不同而已。

說完這故事，紀曉嵐說：「知江湖遊士，自有此種稿本，轉相授受，固不足深詰矣！」

這看出紀曉嵐對扶乩又信又不信。

其實，扶乩自然是騙人的圈套。扶乩著手執乩筆的另一端，他利用問卜者專心致志的機會，抖動乩筆寫字，使之對方不覺察。而且問卜者手執乩筆的這一端也由於心理和生理作用，手指不免產生抖晃而使乩筆移動。所以參與扶乩者，會寫詩的即詩好，會寫字的即字好。紀曉嵐親歷的體驗就是這個原因。

重要的是扶乩主持者的暗示。這種人善於察顏觀色，懂得問卜者最擔心、最害怕、最期望的是什麼，通過咒語和手勢暗示扶乩手寫什麼。而且寫下的字大多潦草難辨，任憑扶乩者隨意解釋。於是在一片神秘的氣氛下，問卜者只有接受扶乩者的胡言。

紀曉嵐記載的後兩個故事，由於扶乩者功夫太差，所以當場出醜。

## 泥古者愚

紀曉嵐曾對景星、景辰兩位曾伯祖，在崇禎壬午年間，流寇圍城，間不容髮之際，尚與人爭辯門神真偽，以致殺身的事，深為惋惜。對那些食古不化，死扣經典，不顧實際的腐儒，他也深惡痛絕。

他經常與人談起他祖父一個朋友劉羽仲的故事。

劉是與獻縣相鄰的滄州人，與紀曉嵐祖父厚齋公交好，詩酒唱和，時有往來，但生性孤傲，崇尚古制，思想十分古板。

劉常請董天士作畫，讓厚齋公題詩。有一次齋公在《秋林夜讀》一幅畫上題詩道：「兀坐秋樹根，塊然無與伍。不知讀何書，但見鬚眉古。只愁手所持，或是井田譜。」

題詩借題畫中人物，規勸劉不要一味泥古，「只愁」二字，是厚齋公的一種耽心。

可是，劉羽仲這位老兄並沒有覺察。一次偶然的機會，劉得到一部搶代兵書，他埋頭苦讀一年後，充滿自信他對人說：「我可以做領兵十萬的大將軍了。」

恰好這個時候，地方上出現一羣小土匪。打家劫舍，鬧得地方不安。他自告奮勇，組織鄉兵，教習戰鬥。誰知一經接觸，潰不成軍，自己的老命也幾乎丟掉。

後來，他又弄到一本研究水利的古籍，潛心閱讀一年後，又向人誇口說：「我可使本鄉變成千里沃野。」於是，他繪畫設計，呈報地方官。恰好那地方官也是好事的，便命他找一個村子做試驗。他帶領村民，挖溝修渠，忙了很多天。

溝渠剛剛挖好，正巧洪水暴漲，水順著溝渠灌入村中，而溝渠無排洪渠道，水無處排泄，整個村莊幾被淹沒，村民怨聲載道。

自此，他鬱鬱不得志，整天在庭院裡走來走去，搖頭晃腦，嘴裡喃喃地念著一句話：「古人豈欺我哉！古人豈欺我哉！」不久，這個人便淒涼地去世了。

紀曉嵐講完這個故事後，感嘆道：

泥古著愚，何愚乃至是歟！

滿腹皆書能害事，腹中竟無一卷書，亦能害事。國弈不廢舊譜，局不執舊譜；國醫不泥古方，而不離古方。古曰：神而明之，存乎其人。能與人規矩，不能使人巧。

紀曉嵐對世事的觀察，真可謂透徹。

同樣的情況，紀曉嵐還說了另一則故事。這個故事的主人公，不光是迂濶可悲，而且就其責任來講，鞭打一頓仍不足泄憤。

這人叫傅顯，是紀府的奴僕。愛讀書，懂醫藥。但性情迂緩，喜從古禮，年齡不大，看上去像一個老儒。

一天，傅顯看見僕人魏三的老婆在水井旁樹下做針線活，疲倦睡著了。她的三、四歲的小兒在井旁三、五尺處玩耍，眼看就要掉下去。他不敢叫醒魏三嫂，覺得男女有別，急忙別轉頭去找魏三。

事很急，他仍是不緊不慢地步，東問西問，打聽魏三的下落。待找到魏三，魏三大吃一驚，冷汗直言，急忙跑去，魏三嫂已是俯井痛哭，淚如泉湧了。

一條小生命，就在拘禮的觀念下輕易地斷送了。

紀曉嵐憤然地在故事的結尾說道：「讀書以明理，明理以致用也。食而不化，至昏憒僻謬，貽害無窮，亦何貴此儒者哉！」

紀曉嵐的觀點是鮮明的，那就是讀書以明理，明理以致用，既有承襲，又應有創造，他的《閱微草堂筆記》記載的這些故事，時時提醒人明白這一道理。

# 第五章 旁徵博引，浩瀚才學

## 暗中代對

有一年中秋之夜，乾隆坐在宮中賞月。皎潔的月光，把宮中打扮成一片銀色世界。乾隆似有所感，隨口吟出一聯：

中秋八月中。

他回顧左右，沒有大臣陪從，只有妃嬪和太監，便說道：「汝等若能對出，有賞。」

機靈的小太監，待乾隆說完，飛跑出宮找紀曉嵐求對。恰好這時紀曉嵐正在床上睡覺，聽到外面說話，忙問何事。小太監道：「皇上出『中秋八月中』之對子，大家對不上來，請大學士代對一句，好去領賞。」

紀曉嵐心想，若是明確代對，他們領到賞，也自覺不太痛快。不如給他們助興。便故意說道：「什麼『中秋八月中』，『半夜二更半』來鬧人，不知道，不知道。」

小太監吃了一個閉門羹，很泄氣，在回去的路上因叨念著：

「『半夜二更半』吵人家睡眠，難怪他討厭。」

念來念去，忽然心頭一動，「半夜二更半」不正是對「中秋八月中」嗎？高興得如獲至寶，飛跑回宮。

那些妃嬪和其餘的幾個太監已在冥思苦想，那模樣一個個像隻呆鳥，小太監忙說：

「奴才能對。」遂以「半夜二更半」出示。

乾隆有些驚訝，注視小太監：

「是你本人作的嗎？」

「回稟聖上，奴才跑去請紀大學士代對。可是他不肯，只說『半夜二更半』來鬧人，討厭。奴才以為『半夜二更半』剛好是個對句，故以此出示。」小太監老老實實地說。

乾隆笑道：「蠢才，紀昀是有意給你台階下，『半夜二更半』實際是替你出的對句。」

「呵——」小太監恍然大悟。

## 題理髮店聯

紀曉嵐有一首有趣的剃頭詩，我們在前面說過。

原詩是：

聞道頭可剃，無人不剃頭。
有頭皆要剃，無剃不成頭。
剃自由他剃，頭還是我頭。
請看剃頭者，人亦剃其頭。

有一次公餘閒暇，他與劉石庵、錢大昕在北京街頭閑逛，對理髮店又發生了興趣。他們連看了幾家，各家的對聯都頗有趣味。

一家是：

四季發財，專恃我手，
一家生計，全仗人頭。

另一家是：

大事業從頭做起，

好消息自耳傳來。

「這兩副對聯如何呢？」紀曉嵐發話道。

「好是好，還不夠盡意。」錢大昕說。

「那我們補充幾副，」劉石庵雀躍起來，指著紀曉嵐說：「由紀公先吟。」

紀曉嵐吟道：

雖然毫髮生意，
卻是頂上功夫。

「不錯，不錯，紀兄起首不凡。叫我吟不出來了。」錢大昕笑著說。

「你快說嘛！」劉石庵催促著。

錢大昕只好吟道：

不教白髮摧大老，
更喜春風滿面生。

錢大昕這聯，別具一格，頗有耳目一新之感，劉石庵正沉吟如何續聯，不料紀曉嵐又搶先吟出一聯：

到來盡是彈冠客，

此去應無搔首人。

「這下可好，」劉石庵說，「曉嵐兄把我們剃成了禿和尚，我也不再吟了，回去把你們佳作書寫出來吧。」

劉墉是名書法家，有一家著名的理髮店正請他書寫對聯，這下不費吹灰之力，得到幾副佳作，心裡樂得直笑。紀曉嵐意猶未盡，又評頭品足地議論了一番，三人方興盡而歸。

## 四種惡人

紀曉嵐居官五十年，對庸官俗吏的為非作歹，有所覺察。他雖然沒有像龔自珍所寫的《明良論》那樣，對封建官場的弊端作出全面分析，但在鬼狐故事和故事末尾觸發的感慨裡，時有表白。

《灤陽消夏錄》六，他借神鬼的話，指出除官以外有四種惡人：

其最為民害者，一曰吏，一曰役，一曰官之親屬，一曰官之僕隸。是四種人，無官之責，有官之權。官或自顧考成，彼此惟知牟利，依草附木，怙勢作威，足使人敲髓汲豪，吞聲泣血。……

又在《姑妄聽之・一》中說了這樣一則故事：

獻縣一令，待吏役至有恩。歿後，眷屬在署，吏役無一人存問者。強呼數人至，皆猙獰相向，非復曩時。夫人憤恚，慟哭柩前，倦而假寐。恍惚見令語曰：「此輩無良，是其本分。吾望其感德已大誤，汝責其負德，又不誤乎？」

這兩故事都是揭示吏役的醜惡。可惜紀曉嵐位居顯宦，沒有看到除這四種惡人外，還有他的上司——官，三年清知府，十萬雪花銀，封建官場，除少數操行自守的官吏外，大都如此。這是封建官僚制度的弊端，是難以逆轉的。

紀曉嵐對封建官場的卑劣有所領悟，這與他本人的操守有關。他居官五十年，為官清廉，從不敲榨勒索，晚年編撰《高宗實錄》，還出現這樣一樁趣事：

《高宗實錄》是列敘乾隆的功績，並對其一生進行評價。紀曉嵐依靠他的學識和對乾隆的了解，傾注大量心血，其成績在實錄館無一人可比。

實錄館全體同僚合議為紀曉嵐奏請「議敘」。「議敘」是清代管理官吏的一種制度，是對政績優異者給以獎勵，方式有二：一是加級，二是紀錄入檔。紀曉嵐益績突出，當然應加級或記錄。

可是，有人眼紅，在嘉慶帝跟前打小報告，說是議敘過優，恐不服眾。

嘉慶拿不定主意，把紀曉嵐本人找來問話：「卿在實錄館總裁任內，成績彰著，理應嘉獎，但有人言議敘過優，朕當如何？」

本人議敘，找本人尋問處理辦法，這是很滑稽的事。紀曉嵐覺得很新鮮，但又不好拒絕，只好不作正面回答，而談及其它事。

「啟稟萬歲，臣服官數十年，從未收受別人賄賂，只是親友中請臣點主（代孝子、孝孫題寫死去親人的牌位，此是應給報酬的）或寫墓志銘，有厚禮相送，臣卻不推辭。」

這是一種巧妙的回答，一是陳述自己為官清廉，二是暗示該得的我應當得到。

嘉慶帝為乾隆編撰實錄，形式上與孝子請人作墓志銘差不多。嘉慶聽出他的弦外之音，聽完，哈哈大笑：「很好，朕為先帝施恩，議敘從優。」

這事，在當時被當作奏事機敏的一段傳聞，實際上也反映出紀曉嵐的操守和品行。

涉世名言

紀曉嵐置身官場五十年，接觸的人物，三教九流，無所不有；遇上的事件，紛紜複雜，五花八門。在人生的摸爬滾打中，他體會良多，這在他的詩文和筆記裡時有表露。現從筆記故事中摘錄幾則。

〈其一〉

患莫大於有所恃。恃財者終以財敗，恃勢者終以勢敗，恃智者終以智敗，恃力者終以力敗。有所恃，則敢於蹈險故也。

說這幾句話之前，他講述了一個故事。

獻縣有一個叫丁一士的人，矯捷多力，兼習技擊，一躍可縱上三丈高的樓房，可跨越三丈闊的河澗。紀曉嵐幼時，常請他表演逗樂。有一次，朋友約他在橋頭的酒店喝酒，酒後高興，友人要他躍到河對岸去，成功了。返回時，不料河岸落足點已開裂，受不住人體重量，崩落河中，結果一士淹死，由此，紀曉嵐便發出了恃力者終以力敗的感嘆。

講完這個故事之後，紀曉嵐又引述友人田松岩題寫在手杖上的一首詩，詩云：

月夕花晨伴我行，路當坦處亦防傾。
敢因恃爾心無慮，便向崎嶇步不平。

這首詩實際也是格言，他對這首詩十分贊許。

〈其二〉

儒者每盛氣凌轢，以邀人敬，謂之自重。不知重與不重，視所自為。苟道德無愧於聖賢，雖王侯擁篲不能榮，雖胥靡版筑不能辱。可貴者在我，則在外者不足計耳。如必以在外為重輕，是待人敬我我乃榮，人不敬我我即辱，與台僕妾皆可操我之榮辱，毋乃自視太輕歟？

這是他與朋友辯論中的一段話。講完後，他又引述他的老師陳白崖在書齋手題的一副對聯，聯云：

事能知足心常愜
人到無求品自高

他認為這是「探本之論，七字可以千古。」

〈其三〉

得意時毋大快意，失意時毋大快口。得意時大快意，稍知利害者能之；失意時毋大快口，則賢者或未能。夫快口豈特怨尤哉，夷然不屑，故作曠達之語，其招禍甚至怨尤也。

這是他的朋友陳文勤問涉世之道，乩仙寫下的話。紀曉嵐與朋友表示認同。紀曉嵐還由此想起自己高祖的友人兩句贈詩：

狂奴猶故態，
曠達是牢騷。

覺得與乩仙指示的是，「重規迭矩」，其意酷似。

〈其四〉

無故而致非常之福，貪冒者所喜，明哲者所懼他。無故而作非分之想，僥倖者其偶，顛越者其常也。

這幾句話，寓理較隱，初看去不甚明白，細讀他所紀述的故事就清楚了。故事說，有幾個商人結伙走上一個山崗，山崗上站著一個道士，用麈尾指著其中一人問姓名，回答後，道士說：「你是謫仙，今日限滿當歸紫府，我來導引你，跟我走吧。」那人心想，我很笨，不識一字，不應是謫仙轉世，且父母年高，去之何益，堅持不住。道士對其餘幾個商人說：「我與諸君相遇，即是有緣，能隨我者將成仙。千載一遇，機不可失也。」這些商人都關心自己的貨物，沒有一人答應。道士只好離開。商人來到旅店住下，將此事說予眾人聽。有人說有仙人接引，不去可惜，也有人說恐怕是妖，不去為好。好有事者想探看奧祕，爬上山崗查看。不看猶可，一看情景嚇人。只見草間一堆白骨，一隻虎在旁酣睡，旁邊棄道袍和麈尾，原來道士是一個虎怪。牠以仙人姿態為誘餌，捕捉食物。

紀曉嵐寫完這個故事，便不禁發出上述這種感嘆。

〈其五〉

天下事，情理而已。然情理有時而互妨。

這是指情與理有時互相衝突。他舉述了這樣一則故事。

一個婆婆虐待媳婦，媳婦逃回娘家。母親可憐女兒，把她藏在別處，謊稱沒有回來。夫家不依，告到官府。婆婆以朱某是女家鄰居，當見該女回來，逼他作證。朱某心想，若說女已歸，則驅人就死；若說未歸，又助離婚，決斷不下。於是祀神求籤，請神判斷。結果舉筒搖籤，籤滯不出，奮力再搖，籤全部湧出。——此事神仙也難以決斷。

這則故事申言，要判斷是非是困難的。

〈其六〉

天下唯同類可畏。

凡爭產者，必同父之子；凡爭寵者，必同夫之妻；凡爭權者，必同官之士；凡爭利者，必同市之賈。

勢近則相礙，相礙則相軋。

這段話是一個狐精，與人討論「誰最可畏」時說的，名為狐言，實為紀曉嵐的心聲。在名利角逐中，世事莫不如此，可謂深得此中三昧。

這些閱歷之言，均以一個形象的故事作基礎，樸實而又簡明，寓意深遠，引人遐想，讀後餘味無窮。

## 兩面人

朱熹倡導的「存天理，滅人欲」的理學信條，是以一種泛道德主義淹沒人類日常物資需求和精神享受，那些理學信徒也無法做到。他們口頭上明心靜性，實際上私念紛紛。紀曉嵐對他們這種可笑面目，借鬼狐故事把他們揭露得淋漓盡致，請看：

〈故事一〉

肅寧有一教書先生，喜講程朱性理之學。

有一天，一游僧至教館來化緣。木魚聲不斷，自早晨敲到中午。教書先生很惱火，趕出來責問：「何方和尚，敢來擾亂清靜？」

「貧僧請求布施。」和尚禮貌地回答。

「你們本是異端，」教書先生不屑地說，「只有愚蠢的小民，才會上你們的當。我們這裏全是聖賢，你別作妄想。」

和尚笑着申辯：「佛家募化衣食，如同儒生而求富貴，同樣失卻本來面目，先生何故相欺？」

教書先生大怒，拿起鞭子驅趕，和尚只好抖抖衣服離開，丟下一隻布袋。

教書先生見和尚走遠，摸摸這隻布袋，內面全是叮噹作響的銅錢，大吃一驚，心想：和尚可能再來，等一會再作計較。

誰知等到天黑，和尚還未回來。那些弟子早就心癢癢的，想從布袋中取錢。教書先生禁不住弟子催促，要弟子算清再取。豈料剛一開袋，群蜂擁出，螫得教書先生和弟子們鼻青臉腫，號啕呼救。

這時，和尚突然推門而入，大笑道：「難道聖賢也盜竊他人財物麼？」提起布袋就走。臨行又合掌對教書先生說：「異端觸犯聖賢，莫怪，莫怪！」

那些圍觀的人，個個笑得前仰後合。

這個故事對那些表裏不一、言行不一的兩面人，作了尖銳的針砭。

〈故事二〉

有相鄰的兩個村落，各有一個教書先生，皆以信奉道學自任。一天，相邀聚眾講學，聽講的生徒很多。雙方辯論天性，剖析理欲，義正詞嚴，正襟危坐，如對聖賢。

正當說得天花亂墜，忽然微風拂面，吹來幾張紙片，落在門前的石階上。生徒們好奇，拾起來一看，不覺驚叫起來。「呵——」

原來吹來的紙片，不是別的，而是這兩位先生密謀奪取寡婦田產的信函。

這故事也是諷諭那些兩面人的。道學家強調明心靜性，先心化後形化，其實心未化，形也未化，只是表面冠冕堂皇而已。

〈故事三〉

有一位書生，人很老實，但以道學自詡，每每以禮責人。

他的一位朋友，已服喪三年，五月除服，準備七月納一側室。

他得知了這消息，連為寫信給友人：

「除服未三月而納妾，可知你早有此志。豈不聞《春秋》記事重動機，昔魯文公未在喪中娶婦，然有此心，如同喪娶。作為朋友，不敢不告。願尊兄教我。」

不久，這位書生的妻子回娘家。臨行約定時間返回，可是提前一天回來了。書生也不細問原因，因相別日久，便與妻子相擁相抱，極盡纏綣。

豈料第二天，又有一個妻子模樣的人進來。書生大驚，急入內室查看昨天歸來的妻子，人跡杳然，原來那是一個狐精。昨夜一夕之歡，吸去他大量精氣，自此日見消瘦。

他的那位納妾的朋友，聽說此事，也寫了一封信給他：

「夫婦相交，原是正理。狐魅假形，非意料中事。然一夕之歡，大損真元，不是恣情縱欲不至如此。難道男歡女愛竟無法節制？而邪不勝正，前代賢人從未有遇妖之事，而此妖公然犯你，豈非先生德行尚有不足？你是賢者，苛求賢者是《春秋》筆法，作為朋友，不敢不告，你有何教我？」

書生拿着這封信，面色發紫，一句話也說不出。

這故事裏的朋友，可真謂以子之矛，攻子之盾，揭穿了那些說大話者的真面。

〈故事四〉

有一位孝廉游嵩山，見一女子於溪中汲水，試探地向她討水喝。那女子瞟了他一眼，給了他一瓢。又試探問路，她也高興地替她指引。只交談幾句，似乎就很熟悉，於是便坐在樹下談天。

那女子很不一般。交談中發現，她知書識禮，不像田家婦。孝廉懷疑她是狐精，但愛她俏麗娟秀，不願離開，與她肩併肩地談話作詩屬對。

突然，那女子從地上抖衣而起，驚呼：「呵，呵，真險。」

孝廉大吃一驚，驚奇地問：「這是為何？」

那女子滿臉紅暈，羞澀地說：「我從師學道一百餘年，自覺心如死水，不存妄念。師父教我：『你不生妄念，妄念依然存在。不見不會滋生，見到生念。猶如平沙萬頃中，留一粒草子，見雨即會發芽。你明天試驗一下，就可知道。』今天見到你，留連問答，果生愛念。再待片刻，我就把握不住了。」說完，踴身一躍，飄然而去。

這故事與袁枚《子不語．沙彌思老虎》相似。《沙彌思老虎》說的是一個十八、九歲的小和尚，自小在五台山長大，從未見過女人。那天第一次下山，師父叮囑他，山下那些蓄長髮的是老虎，千萬別看。小和尚辦完事上山，師父查問：「山下可有什麼引起思念的？」

小和尚忸怩了老半天，還是說：「我最思念的是那些老虎。」這故事說人的天性不可泯滅，正如這狐精見男性怦然心動一樣。男女間的自然渴慕，此是天性，任何力量也難壓抑，「滅人欲」者，豈能滅乎！

## 老狐仙的話

紀曉嵐的《灤陽消夏錄》中，有一則這樣的故事——

有一位書生，晚間獨行，路過亂葬墳間，忽聞書聲琅琅。他很奇怪，四周全是荒野，哪來的讀書聲？尋聲望去，見一位老先生坐在墳間講課授徒，圍坐在他身旁的學生是十幾隻小狐。書生心想，那老先生想必也是一位老狐仙。

那老狐仙見到書生，忙站起來迎接，那些小狐也像人一樣站立，捧着書本。

書生先是一驚，繼而一想，狐既讀書，必不致害人，於是慢慢地走過去，跟他們打招呼：「你們讀書做什麼用呢？」

「我們是要修仙啊！」老狐仙笑着回答。

「修仙也要讀書嗎？」書生不解地問。

「我們修仙有兩條途徑，」老狐仙回答他說，「一是採精氣，拜星斗，通靈成正果，由妖而仙。」

「噢！」書生說，「那麼另一條途徑呢？」

「另一條途徑是煉形為人，講習內丹，是由人而仙。前者易入邪僻，干犯天條；後者吐納導引，非旦夕之功，久久堅持，方能圓滿。」老狐仙像訓練學生，詳細解說。

「那麼你們又何必讀書呢？」書生還是弄不明白。

老狐仙笑道：「先讀聖賢書，明三綱五常，變化心性氣質，這才是正念，形不變而心變，心化則形化了呵！」

書生聽完老狐仙這番話，方明白其中的道理。他湊近圍在老狐仙身邊的小狐，看看他們讀什麼書，發現他們讀的也是《五經》、《論語》、《孟子》之類，所不同的是，他們的書，只有經文，而無注解。

書生覺得很奇怪，問：「有經無注，怎麼能講解呢？」

老狐仙一副笑呵呵的樣子答道：「我輩讀書，但求明理，聖賢言論，本不艱深，口相教授，疏通訓詁，既可知其義旨，何必有注？」

書生覺得老狐仙的議論非常奇特，心想：人類讀書，尚且需要連篇累牘的注解，難道狐還比人類高明？他不知如何回答，看看老狐仙那白髮蒼蒼、老態龍鍾的模樣，只好又問道：「老先生，今年高壽？」

「哈哈哈！我也記不清楚了。」

老狐仙摸摸自己的白鬍子接著說，「我只記得受經之日，世上還沒有印刷的書本，全是些刀刻的竹筒而已。」

「啊！」書生驚訝地說，「老先生閱歷數朝，您看古今有什麼不同呢？」

「大部分沒有什麼差別，惟唐以前只有儒者，北宋以後才有聖賢的分別。」老狐仙說，「也許就這點不同吧！」

書生越聽越糊塗，只是作揖告別而去。

這則故事含意比較隱晦，但它的弦外之音很明顯，那就是嘲笑那些靠講朱熹的經解傳注博取功名和聲譽的人。

康、雍、乾三朝、朱熹註釋的《四書》，被官方定為必讀經典，作為科舉考試和書院教育的主要內容。那些追名逐利的人，往往以講朱熹經解自詡。

紀曉嵐憎恨這種假道學，便借老狐仙加以針砭。老狐仙的話，就是紀曉嵐自己的話。不知當時那些理學家看後作何感想！

漢儒與宋儒

宋元理學有康熙、乾隆年間，是作為官方哲學，受到最高統治者的重視。但在學術界卻遭到猛列批評，自清初興起的以考據訓詁為主的漢學對其攻擊尤多，因而形成漢學與宋學之爭。紀曉嵐的友人戴震、錢大昕等人都是漢學家，他們對宋學的批評很劇烈。紀曉嵐對宋學素有反感，他在《四庫全書總目》裏對理學著作多有指斥，有的措詞非常犀利。《閱微草堂筆記》記述的故事，也有挖苦和嘲笑。但他對漢學和宋學的學術價值，並不因自己個人的好惡，或肆意排斥，或盲目頌揚，而是表現出一種雍容平和的公正態度。他在《閱微草堂筆記》裏說：

漢儒以訓詁專門，宋儒以義理相當。似漢學粗而宋學精，然不明訓詁，義理何自而知。概用詆誹，視猶土苴；未免既成大輅，追斥椎輪；得濟迷川，遽焚寶筏。

這是指斥宋儒的空疏，不明訓詁，侈談性理。但他對宋儒的長處也有所評述，在這段話後，他接着說：

至《當書》、《三禮》、《三傳》、《毛詩》、《爾雅》諸注疏，皆根據古義，斷非宋儒所能：《論語》、《孟子》、宋儒積一生精力，字斟句酌，亦斷非漢儒所及。蓋漢儒重師傳，淵源有自。宋儒尚心悟，研索易深。漢儒或執舊文，過於信傳。宋儒或憑意斷，勇於改經。計其得失，亦復相當。惟漢儒之學，非讀書稽古不能下一語。宋儒之學，則人人皆可以空談。

這是一段頗為精彩的比較批評論，他指出了漢學和宋學各自的得失和優劣。作為批評原則，從事實出發，重事實而不依門戶，這是一種寬宏大度、胸襟恢宏的表現，是十分難得的。那麼宋儒為什麼非漢儒，而後人又非難宋儒呢？紀曉嵐對此又加以了解析：

宋儒之攻漢儒，非為說經起見也，特求勝於漢儒也。後人之攻宋儒，亦非為說經起見也，特不平宋儒之詆漢儒而已。

為進一步說明這一問題，他引用了韋應物的一首詩：

水性自云靜，石中亦無聲；
如何兩相激，雷轉空山驚。

這種說明，自然又是紀曉嵐超脫、客觀的一種評價。從學術之爭的心態上看，當然是如此，因學派之間，為壓制對方，抬高自己，必然大談其對方缺點，這是總的趨向。但理學的興起，絕非漢儒訓詁那麼簡單。它與封建專制主義的發展有密切關係，它興起以後，封建統治者即把它作為官方哲學，整肅思想，這就說明其政治性，而漢學則與此不沾邊了。

紀曉嵐沒有意識到這一點，他以絕對公正的態度來評價，只是他的博大胸懷體現罷了，而戴震對此看得更透，他曾說：「酷吏以法殺人，儒者以理殺人。」這大概就是紀曉嵐不能成為一個哲學家的緣故。

## 緣情與止義

乾隆朝，詩壇十分熱鬧。誕生於康熙後期王士禎的「神韻說」風行一時，相繼而起的又有沈德潛的「格調說」，袁枚的「性靈說」，翁方綱的「肌理說」等等。剎時間，詩話、詩論的出現，如雨後春筍。

紀曉嵐生在當年，與沈德潛、袁枚等均有交往。但他沒有參加這樣的大合唱。他的詩作不多，也沒有寫下詩歌專論，但他對詩歌的理解有自己的獨特看法。

他在《挹綠軒詩集序》中時說：

《書》稱「詩言誌」，《論語》稱「思無邪」。子夏《詩序》兼括其旨曰「發乎情，止乎禮義」，詩之本旨盡是矣。

紀曉嵐把詩之本旨仍舊歸為「發乎情，止乎禮義」這樣的儒家傳統詩教。這話看來有些陳舊，但細細品味，不難發現，這話不是對儒家傳統詩教的簡單重複，而是對前人和同時代人在詩歌創作上失諸片面的不滿。

請看他在《雲林詩鈔序》裏所說的：

余謂西河卜子傳詩於尼山者也，《大序》一篇，確有授受，不比諸篇小序為經師遞有加增。其中「發乎情，止乎禮義」二語實探風雅之大原，後人各明一義，漸失其宗。一則知「止乎禮義」而不必其「發乎情」，流而為金仁山《濂洛風雅》一派，使嚴滄浪輩激而為不涉理路，不落言詮之論。一則知「發乎情」而不必其「止乎禮義」，自陸平原緣情一語引入歧途，其究乃至於繪畫橫陳，不誠已甚與！夫陶淵明詩時有莊論，然不至如明人道學詩之迂拙也，李、杜、韓、蘇，諸集豈無艷體，然不至晚康詩人之纖且褻也，酌乎其中，知必有道焉。

紀曉嵐要求「發乎情」與「止乎禮義」二者兼顧，因而標舉「酌乎其中」的主張。按照他這種觀點，他在《四庫全書總目提要》裏，對艷體時、宮體詩和道學詩大加撻伐，指斥宮體詩宣揚色情，道學詩「全不解詩道」，是「有韻之語錄」、「押韻之講義」，這在當時道學頗為吃香的時候，是很有見地的。

紀曉嵐本人的詩作亦清新自然，儘管宥於他的社會地位，不可能接觸廣闊的社會生活，但在懷舊、思友、應酬、贈答、紀行之作裏，仍感情真摯，含意雋永。特別是謫戍烏魯木齊被召還京期間寫下的《烏魯木齊雜詩》一百六十首，更是對西北邊陲風光民情的珍貴寫照。同時，他在主持科考時，又大膽改革崇尚典贍無病呻吟的試貼詩，一變而為以意格運題抒寫自我的詩，這在科場震動很大，稱它為「紀家詩」，如此等等，這都是他這種詩歌觀點的反映。

不幸的是，紀曉嵐反對偏頗，而自己又不自覺地陷入了偏頗。他指斥艷體詩、宮體詩和道學詩，又同時對歐陽修「窮而後工」、韓愈的「不平則鳴」說提出異議，他在《月山詩集序》裏指斥為「一時有激之言，非篤論也」。對李商隱的詩也大加撻伐，在《詩評》裏將李的名句「春蠶到死絲方盡，蠟炬成灰淚始乾」，批為「太鄙」，這都是不妥當的。

紀曉嵐之所以得出這樣的看法，關鍵是對「止乎禮義」的理解。按照儒家傳統詩教的理解，禮義即指社會倫理規範，凡事不得超越或破壞這個界限，所以「窮而後工」、「不平則鳴」的主張受到排斥。因為心中有不平，說出來的話，難免就要犯上了。正常的愛戀，有時也誤認為越軌。

實際上，要做到「酌乎其中」也不是容易的。每個詩人，各有自己的特點，各有不同的經歷和對時代的感受，不是偏向這邊，就是偏向那邊。

拿陶淵明來說，雖然他的詩中有時也有儒家禮義的大道理，但終究不像道學家那樣迂拙，之所以不迂拙，就在於陶氏能夠摒除世俗、貼近田園，如果讓他二者兼顧，那就不成其為陶淵明了。

「發乎情，止於禮義」，這一傳統的詩歌觀點，雖然時代不同，各賦有新的含意，但大抵是維持現實的主張，而不是干預現實的主張，唯其如此，大概就是紀曉嵐沒有成為一個偉大詩人的原因之一吧！

## 科場題匾

有一次會試，乾隆沒為新闢的科場題匾，思之再三，找不出恰當的詞句，便把紀曉嵐召進宮來，令他代撰。乾隆對他道：

「朕宣你進宮，非為別事，代朕撰一副科場匾文，命意有三重：一是朕垂愛賢才，二是考官為國選能，三是舉子讀書上進。卿以為如何？」

紀曉嵐聽乾隆說了一大堆，心想哪有這樣的詞句，面面俱到。心裡這麼想，嘴巴又不好反駁，只好說：「臣遵旨。」

乾隆道：「那你說吧！」

紀曉嵐思索了一會，實在想不出兼有三項命意的句子。便想把僅含單項寓意的句子先說，試試乾隆的反映。

紀曉嵐道：

「雁塔題名。」

乾隆道：

「此僅指取中進士而言，不可，不可！」

「咀英嚼華。」

「那也不行，」乾隆說，「此是韓愈《進學解》中之語，專指作好文章。」

「那『仰沾雨露』呢？」紀曉嵐故意從沐皇恩的角度說。

豈料乾隆堅持要三項命意齊全，對紀曉嵐擬出的這一句也連連搖頭。

紀曉嵐明白不能僥倖通過，只好跪地奏道：「容臣回家思考。」

乾隆道：「好吧，限你一日，否則，受罰。」

這一下把紀曉嵐急出一身汗。回家後，坐立不安，飲食無味。他左思右想也思索不出兼有這三項內容的句子。他的夫人馬月芳見他如此，知道他心中有事。便問為何這樣。他只好老老實實地把這件事告訴她。

馬月芳是個才女，聽紀曉嵐這麼一說，意識到必從語詞與別的詞語的聯繫上思考。突然有一句習見的話跳上她的心頭。她笑道：「有現成之語，你為何不用？」

紀曉嵐茫然不解，眼瞪瞪地望着夫人。

「『天子重英豪』呵！」馬月芳說，「豈不恰切無比！」

「呵——」紀曉嵐頓時明白過來。高興得拉着馬月芳轉了兩圈。

原來這是人所熟知的一首詩中的首句。全詩是：

天子重英豪，文章教爾曹。
萬般皆下品，唯有讀書高。

提起此詩的首句，人們自然就聯想起下面三句，這樣乾隆所說的三重命意便完全嵌在其中了。

第二天上朝，紀曉嵐信心百倍地將「天子重英豪」一句，獻給乾隆。乾隆一看，果然欣喜，連說：「題得好，題得好。」

朝罷，乾隆悄悄問紀曉嵐：「卿昨天如此詞窮，為何今朝有此妙句？」

紀曉嵐不掠夫人之美，據實奏聞。

乾隆聽了，哈哈大笑：「想不到飲譽海內的大才子，竟是夫人馬氏一門生！」

「子曰：『三人行，必有我師』，學無止境呵！」紀曉嵐只有嘿嘿地自我解嘲。

## 塗鴉

紀曉嵐的好友劉石庵（即劉鏞），書法集歷代諸家之長，推為清代第一名家。王文治也是當時有名的書法家，朝鮮人很愛他的字，常以重金買，民間流傳這樣的話——「天下三梁不及江南一王。」

紀曉嵐學問博洽，對書法卻不甚精。他見友人任筆揮灑，皆成佳趣，佩服不已，自愧功夫不及。朋友索求他的字，他一概拒絕。

他的硯台放置在一個精緻的木匣裡，蓋子上鐫刻了兩首詩，詩曰：

筆札匆匆總似忙，晦翁原自笑鍾王。
老夫今已頭如雪，恕我塗鴉亦未妨。
雖云老眼尚無花，其奈疏慵日有加。
寄語清河張彥遠，此翁原不入書家。

第一首詩說，書法不工像是匆匆忙忙，朱熹夫子不喜行書，嘲笑過書法家鍾繇與王羲之，我現在年已老了，原諒我隨意塗抹吧！「塗鴉」，謂書法拙劣，語本唐人盧仝《示添丁》詩：「忽來案上翻墨汁，塗抹詩書如老鴉。」

第二首詩說，我雖然年老，眼睛尚未昏花，只是懶散日有增加，告訴清河張彥遠吧，我是不能歸入書法家的行列的。張彥遠，唐人，以採集輯錄書法史料知名，《法書要錄》是其中之一。

這兩首詩，可以說是紀曉嵐對書法不精的自嘆，極富幽然意味。

其實，從現在保留下來的筆跡看，紀曉嵐書法並不錯，只是跟名家相比，不及罷了。

## 「也」字不挑勾

封建時代科舉考試，歷來對作弊行為防範甚嚴。

科舉考試實施之初的唐代，制度尚不健全，允許請托、拉關係。自宋代開始，對請托、通關節開始治罪。到明清兩代，規定則更為嚴格而具體。

鄉試的場所貢院，外牆高一丈五，內牆高一丈，牆上遍鋪荊棘，故貢院又稱棘闈。為防傳遞消息，貢院周圍，考試時不得點竿燈，放鞭炮，放鴿鷂，拋擲磚瓦。考生各有號房，相互隔離，不得交頭接耳，眉眼示意。入場時，為避免夾帶，嚴加搜有。順治皇帝明令：「儒生入場，細加檢查。如有懷挾片紙隻字者，先於場前枷號一個月，問罪發落，如有請人代試者，代與受代人一體枷號問罪。」規定士子穿拆縫衣服，單層鞋襪。到乾隆間更為苛刻，不得攜帶雙層板凳，裝棉厚褥，皮衣去面，氈衣去裡，衫袍用單層，坐具用氈片，卷袋不許裝裡，筆管鏤空，水注用瓷，連糕餅也要切開。這種種規定還不算，搜檢時，兩人共搜一人，一門搜一次，二門還搜一次，如同對待囚犯一般。

蒲松齡在《聊齋誌異．王子安》裡，曾不無憤慨地說，考生入場，「白足提籃似乞丐」，那嚴酷的規定可想而知，就是今天的大學聯考也望塵莫及矣！

這是從考生方面說，從主考和同考官方面看，清代型法亦不姑息。凡賄賣生員，縱容包庇、徇情漏題，輕則革職，重則處斬。如雍正間俞鴻圖之案，乾隆十五年四川學政朱荃之案，行賄和受賄的均被處斬。可以說，那些主考官們是不寒而慄的。

可是，儘管如此，作弊者仍大有人在，應考和主考的都有。乾隆九年，順天鄉試中，第一、二場各搜出「懷挾」者二十一人，另有懷夾帶、聞風而提前散去者一千多人。在主考官方面，順治、康熙、雍正、乾隆各朝都出有大案。

紀曉嵐主持過多次鄉試和會試，對試官和考生的弊端瞭如指掌，也深知其中的厲害。但有一次卻巧妙地避開了各種規定，使故鄉河間的紀氏家族多取了幾名舉人。

那年，紀曉嵐已升任禮部尚書得到乾隆的重任。有意干謁和攀附著，常來拜望紀尚書。翰林院王某出任順天府鄉試主考官，行前也來看望紀曉嵐，並詢問今年是否有參加大比的弟子。這言下之意是願從中幫忙。

紀曉嵐感激王朝林的誠心，也想幫幫故鄉族人，但出於種種教訓，不敢魯莽從事。紀曉嵐明白，從考生方面入手，很難成功，從考官入手，倒有不露痕跡的可能。他緊張地思考對策，突然想起宋代楊大年之事，他得出了一條妙計，於是笑著說道：

「敝族子侄雖多，都不成器，參加本科大比，恐怕題名無望。」

紀大人過謙了。」王朝林說，「久聞紀氏子弟聰明過人，大比會有希望的。」

「不怕王大人笑話，紀氏子弟不太爭氣，寫個『也』字，連勾都不會挑。」

「呵——」王朝林驚愕了一下，隨接會意，忙說，「那可能是習慣問題。」

閑聊了一沖，王朝林別去。王翰林一走，紀曉嵐立刻修書一封，派人送回老家獻縣崔爾莊，告訴家裡人，凡是今年參加鄉試的，寫『也』字一律不許挑勾。紀氏子弟照辦，逢寫『也』字都不挑勾。結果大比揭曉，紀氏子弟，同科中了七、八個舉人。

此事直到紀曉嵐和那年中舉的紀氏子弟都已作古，方從紀氏後人中傳出來。但這已是幾十年以後的事，所以並未引起風波。

## 戲館長聯

紀曉嵐戲館對聯很多。

其中有一副長聯尤膾炙人口，聯曰——

堯舜生，湯武淨，五霸七雄丑角耳，漢祖唐宗，也算一時名角，其餘拜將封侯，不過捎旗打傘跑龍套；

四書白，五經引，諸子百家雜曲也。杜甫李白，能唱幾句亂彈，此外咬文嚼字，都是求錢吃食耍猴兒。

這副對聯，把舞台上生、淨、丑等角色名稱嵌了進去，又把雜曲、亂彈等戲曲名以及說白、唱引等表現於法名也囊括進去，切地切義，同時，又在表演內容上囊括古今，眼界寬廣，氣勢恢宏。且通過搭配，富有幽默感，確非尋常之作。

為戲館題寫對聯，常是文人的遊戲，但成功者不多，俗筆倒不少。即使別具一格，也不及紀的這種格調。據傳有人集南北曲寫成這樣一副對聯：

把往事今朝重提起；

破功夫明日早些來。

這對聯小巧，從觀眾角度落筆，貼情貼景，也不失為佳對。可是缺乏一種全方位概括，小巧有餘，闊大則不足了。

相傳曾國藩也為戲館題過一聯，中嵌戲台二字，聯云：

普通都是戲中人，慎勿信口侈談，看戲須知做戲苦；
今日幸逢台上客，秉著滿腔忠憤，登台要顧下台難。

此聯滿含哲學意味，這大概與曾國藩的身份有關。不過在戲台別的情事上他卻沒有說到，與上聯一樣，闊大不足。

紀曉嵐的戲館長聯，有人認為「跑龍套」一詞，乾隆時沒有，聯語恐系近人偽托。《官場現形記》的作者李伯元不同意此說，他在《南亭筆記》中說：「然先生（指紀曉嵐）性喜詼諧，往往涉筆成趣，今以跑龍套對耍猴兒，亦适見其新巧，又何必疑其偽托。」「跑龍套」一語，係指扮演戲中士兵、夫役等隨從人員，因毋須唱、做、念、打，只須形式上站堂，故喻那些極不重要的角色。「龍套」是傳統戲曲角色行當，乾隆時當有這名稱。再說，當時地方戲興起，而且入宮搬演，「跑龍套」一語民間不致不存在，李伯元這樣理解，當是正確的。

# 巧釋佛笑

乾隆帝很自負，常在不經意中提些怪問題，詰難臣僚。紀曉嵐睿智多才，常難不倒，於是乾隆對他更加喜歡刁難。

那年夏天，乾隆到承德避暑山莊避暑。每逢炎夏，乾隆總是要到這裡來的，這是他的習慣，一面處理政事，一面打獵、遊玩。

避暑山莊附近有座大佛寺，寺內佛像塑造得栩栩如生，尤其是那尊大肚皮彌勒佛，袒胸露腹，直衝那些善男信女憨笑。一日乾隆由紀曉嵐和幾個侍衛陪同來到這裡。乾隆見彌勒佛那副笑容可掬的憨態，覺得很有趣，心中一動，又想詰難紀曉嵐。衝著紀曉嵐用手指大肚彌勒佛道：

「紀愛卿，此佛為何見朕發笑？」

這問題問得很奇怪，佛像本身塑造得如此，任何人面對他，都是這副模樣，怎麼僅說對乾隆發笑呢？紀曉嵐明白，這是乾隆有意難他，沉吟了一下，答道：

「這是佛見佛笑。」

「此說怎講？」乾隆問道。

「聖上乃文殊菩薩轉世，係當今之活佛，」紀曉嵐裝得十分恭謹的說，「活佛來見佛，故曰『佛見佛笑』。」

「嗯，說得好。」乾隆道。但他不甘心就這樣便宜了紀曉嵐，總得讓紀曉嵐窘迫答不出來，突然眼睛一轉，又問道：「紀愛卿，佛見卿也笑，這又是為何呢？」

這話說得很厲害，佛見皇帝發笑，為何見臣僚也發笑呢？如果依照前面的理由解釋，那臣僚成了與皇帝同等的地位，這在君臣關係上是犯大忌的，說得不好觸怒君王，還有殺頭之禍呢！

紀曉嵐一怔，驚出一身冷汗，但他很快平靜下來，略一思索，笑著答道：

「聖上，佛見臣笑，是笑臣不能成佛。」

這句話就把君臣的差別拉得遠遠的，一點也不犯忌了。乾隆原想攻他的難處，卻被他巧妙的避免開了。心中著實佩服紀曉嵐的才智。

事後，紀曉嵐還心有餘悸。

有一次路過德州。德州與陵縣之間的厭次（今山東惠民縣）是西漢文學家、幽默大師東方曼倩（即東方朔）的故鄉。與友人談及東方曼倩事，情動之下寫了一首《咏東方曼倩》詩，詩云：

十八年間侍紫宸，金門待詔好容身。
詼諧一笑原無礙，誰遣頻侵郭舍人。

這是咏東方朔，也是他的自我表白。

東方朔在漢武帝身邊任太中大夫，依靠他的幽默滑稽，博得漢武帝的歡心和信任。紀曉嵐覺得伴君如伴虎，侍候君王，時時有招禍的危險，一言不慎，一字寫錯，即可鑄成大錯。只有借幽默詼諧，滑稽談吐來保護自己。

## 巧用《蘭亭序》

紀曉嵐祭悼正妻馬氏悼文，在現存的《紀文達公遺集》裡，沒有保留，但他借用《蘭亭序》中一段作悼亡佳作之事，卻廣為流傳。

馬氏病逝於紀曉嵐七十二歲那年，乾隆皇帝為表示對紀的厚待，派特使致祭，並賜予豐厚的治喪費用，喪事辦得熱鬧隆重。

喪事過後，紀曉嵐進宮謝恩，乾隆問道：

「卿有海內文豪之譽，且伉儷情篤，此次喪祭，可有悼亡佳作？」

紀曉嵐見乾隆對悼文感興趣，沉吟了一下，回奏道：

「有倒是有，只是不是微臣所作。」

「悼念亡妻，豈有讓人代作之理？」乾隆驚訝地問。

「臣病弱侵尋，文字也頹唐，不足以登大雅之堂。故用古人陳詞，以代心聲。」

「古人陳詞，所指為何？」乾隆又問，「卿給朕誦來聽聽。」

於是，紀曉嵐高聲誦道：

夫人之相與，俯仰一世。或取諸懷抱，晤言一室之內；或因寄所托，放浪形骸之外。雖取捨萬殊，靜躁不同，當其欣於所遇，暫得於己，快然自足，曾不知老之將至。及其所之既倦，情隨事遷，感慨繫之矣。向之所欣，俯仰之間，已為陳跡，猶不能不以之興懷！況修短隨化，終期於盡。古人云：「死生亦大矣。」豈不痛哉！

乾隆聽後，不解地說：「此為王羲之《蘭亭序》的一段，那又如何？」

「請聖上將首句的『夫』字，改成『如』字，再念念。」紀曉嵐答。

乾隆試著默念了一遍，頓時大笑起來：「卿影射得妙。千載之上，王逸少萬萬想不到他此段文字，居然能夠移成一段哭妻祭文，虧你想得出。」

其實紀曉嵐此舉，只是為滿足乾隆的好奇心，討他的歡心罷了。實際的悼亡，那有這種開玩笑的心思。不過，他所吟誦的一段。作為哭妻悼文，確實貼切。

王羲之的《蘭亭序》，原是記跡遊樂的同時，發死生的感慨，為千古名文。

紀曉嵐吟誦的一段，承接上段「遊樂」，申論人受「欣於所遇」的樂和「情隨事遷」的憂所左右。嘆息人壽短長，聽憑造化，最終仍歸消滅。

全文的主旨在於批評老莊「一死生」、「齊彭殤」的看法，認為生是生，死是死，不能等量齊觀。紀曉嵐摘取的一段，恰好絕妙的表達了這種死生之情，所以乾隆不禁為紀曉嵐的奇思妙想叫好。讀者不妨再品味一番看看！

第六章

# 閱微知者，福壽兩全

## 文人任軍職

不知是由於紀曉嵐謫戍烏魯木齊軍中三年，獲有一定的軍事知識，還是由於別的原因，紀曉嵐五十九歲那年，擔任過兵部左待郎，嘉慶元年，又被任命為兵部尚書。一個大文人，飲譽海內，竟棄文從武，擔任起軍事長官，同僚都很驚訝。但是，紀曉嵐還是頗有興致接受此任，執掌兵符倒也像個掌管軍務的樣子。

紀曉嵐對兵器很感興趣，接手兵部，便到處搜羅有關火器的資料。

其時有人傳言，曾見一形若琵琶的鳥銃。這種鳥銃，鉛丸都裝在銃脊，配有兩個機輪，相互連接，如同牝牡，板一機，火藥鉛丸則自落筒中，另一機亦隨之轉動，石激火出而銃發，並可連擊二十八發。在當時已是相當先進的火器。可是擁有者原想獻給朝廷，後耽心殺傷力大，罪孽重，恐遭神譴，不敢獻出。結果被不肖子偷賣給收破爛的，自此下落不明。

關於奇特的火器，當時又有一個傳聞。當年征烏什時，文成公、勇毅公與明公的營寨，結成犄角之勢。距離敵營約一里多路。可是每次往返都遭到襲擊，雖未被擊中，而彈丸已落在馬前。按照一般鳥銃射程的有效距離只有三十餘步，距敵營一里多，那來的彈丸？當時以為路旁有埋伏，經搜查，根本沒有埋伏的蹤跡。後來打敗烏什，訊問俘虜，方知該國有兩杆鳥銃，射程可達一里之外。勇毅公與文成公竭力追尋，各得一枝。勇毅公後征緬甸陣亡，銃不知下落，文成公擁有一枝，也不知流落何處。

紀曉嵐對這種傳聞很感興趣，只是為見不到實物和資料，深為惋惜。

作為兵部尚書，紀曉嵐並不滿足於對神秘武器的嚮往，他還實際參與武器的研制呢！

據紀載，宋代有一種神臂弓，又稱克敵弓，是一種巨型弩箭，放在地面，石踏機關，可在三百步以外射穿鐵甲，是宋人抵抗金兵的重要武器。當時軍法規定，此器不得外傳，戰敗或不能攜帶，寧可毀掉，也不能讓其落入敵手。宋人洪邁在《容齋隨筆》裡記有《克敵弓銘》稱頌它的威力。可是這種弓在元世祖滅宋時用過後，至明代即失傳。紀曉嵐覺得這種武器尚有作用，重新加以研製。

他從《永樂大典》中，找到了神臂弓的圖形，高興得手舞足蹈。他與侍郎鄒念喬一道，對圖案逐一加以分析，按照圖上說的寬窄大小及牝牡凹凸之形加以組合。可是《永樂大典》所載之圖只是零件的分裝圖，沒有整個弩箭的組裝圖，儘管他們費時數月，卻始終不得要領。紀曉嵐明白因數學關係不明，致使組合不成。這時，他想把資料送給西洋人，請他們幫助解決。後一轉念，既是秘密利器，豈能讓異國得知！於是遂罷。此事雖未成功，但紀曉嵐還是花了不少力氣。

紀曉嵐擔任兵部尚書，親自護送征募的士兵。在護送湖北兵往良鄉時，還有過一段小插曲。護送時在長辛店旅舍小憩，看到壁上有兩首《歸雁詩》，詩云：

料峭西風雁字斜，深秋又送汝還家。

可憐飛到無多日，二月仍來看杏花。

水闊雲深伴侶稀，蕭條只與燕同歸。

惟嫌來歲烏衣巷。卻向雕樑各自飛。

這兩首詩頗有悲涼之感，觸動紀曉嵐的離愁，他反覆吟詠，尤其是看到詩末署名「晴湖」，更增加他的興趣。「晴湖」是他死去的哥哥的名字，他以為是先兄所題。後見其筆跡和語意不似先兄，方興味減弱，但仍把它當作旅途的趣事。

兵部尚書不僅要統領護送募兵，而且還要監射。視察監督軍隊的射、擊技術。那時監射在德勝門外，營官以前明古寺什剎海為館舍。這時的什剎海已不是劉侗《帝京景物略》說的那樣，而是破敗不堪，寺憎只是住在寺門的一間小屋，其餘房間多已封閉。時值冬天，氣冷如冰，房中燒幾個火爐仍不覺暖和。點幾盞燈也不覺得亮堂。紀曉嵐作為兵部的最高長官，不嫌曠廢，住在那裡，堅持至監射完畢。

紀曉嵐擔任兵部左侍郎和兵部尚書，前後時間不長，不可能做什麼大事，但從他本人記載的這幾件小事裡，還是可以看出，他並不是一個糊塗的軍事長官。

## 九十九硯銘

紀曉嵐喜歡收藏硯台，到晚年興致更濃。他的硯台來源，或自己購買，或親友饋贈，或皇上賞賜，經過他手裡的硯台成百上千。他把這些硯台，藏列在一個別致的房間，取名為「九十九硯齋」。

紀曉嵐長於鑒賞，他所收藏的硯台，有的係前代古物，有的為當代製硯名家的精品，都是罕見之物。無論從文物價值和欣賞價值上看，都是珍品。

尤令人刮目相看的是，每收藏一硯，都自製銘文。這是他藏硯名聲大噪一個重要原因。當時，京師藏硯名家不少，紀曉嵐友人劉石庵，陳來章、彭元瑞、繹堂等皆是。但大家都把眼光投向紀曉嵐，因為他的銘文極佳。

紀曉嵐的銘文，別致深沉，含意雋永。我們不妨引錄幾則：

## 圭硯銘

圭本出稜，無嫌於露。腹劍深藏，君子所惡。

## 井闌硯銘

坡老之文，珠泉萬斛。我浚我井，灌畦亦足。

## 琴硯銘（三則）

濡筆微吟，如對素琴，弦外有音，淨洗予心。邈然月白而紅深。

空山鼓琴，沈思忽往。含毫邈然，作如是想。

無弦琴，不在音，仿琢硯，置墨林。浸太清，練予心。

## 竹節硯銘（三則）

介如石，直如竹，史氏筆，撓不曲。

筍不兩歧，竿無曲枝，孤直如斯，亦莫抑之。

其斷簡歟？乃堅多節。略似此君，風格自別。

## 葫蘆硯銘（二則）

因石之形，琢為此狀。能畫葫蘆，實非依樣。

既有葫蘆，無妨依樣。任吾意而畫之，又不知其何狀。

## 墨注硯銘（二則）

觀弈道人，作斯墨注。虛則翕受，凹則匯聚，君子謙謙，憬然可悟。

互於蓄聚，不吝於挹注。富而如斯，於富乎何惡。

## 留耕硯銘

作硯者誰？善留餘地，忠厚之心，慶延於世。

## 破葉硯銘

蟲之蛀葉，非方非圓。古之至文，自然而然。

### 連環硯銘

連環可解，我不敢；知不可解者，以不解解之。

### 仿宋硯銘

石則新，式則古，與其雕鏤，吾寧取汝。

### 天然石子硯銘

石竇嵌空，非雕非鑿，筆墨之間，天然丘壑。

### 金水附日硯銘

金水兩星，恆附日行。天既成象，地亦成　。

這些銘文，發人深思，言簡意賅，頗足玩味。如葫蘆硯銘，破葉硯銘，連環硯銘都滿含哲理。紀曉嵐以硯銘自樂，別人求他寫硯銘，他也樂意為之。

陳來章是他的姻親，收有一方石硯。上有雲中儀鳳圖案，並刻有相國梁瑤峰的銘文：

「其鳴將將，乘之翺翔，有嫣之樣；其鳴歸昌，雲行四方，以發德光。」陳來章極為珍視。可是後來硯台被人盜走，八年後，其子方找到古硯下落。為珍視此硯，又請紀曉嵐寫銘文。紀曉嵐得知這古硯的奇特經歷，欣然題銘道：

失而復得，如寶玉大弓，孰使之然；故物適逢，譬威風之翔雲，翩沒影於遙空，及其歸也，必仍止於梧桐。

如把這些散見他人的銘文收集起來，紀曉嵐的銘文會更多。他現存文集裡保存的硯銘僅七十三項，九十九則。據傳，他死後，他的門人將藏硯各拓一本，用韓昌黎《石鼓歌》韻，寫詩以記其事。

## 乾隆壽聯

乾隆的生日，為九月九日重陽節，年年到了那天，都在承德避暑山莊萬松嶺行宮慶壽。為討乾隆喜歡，扈從大臣特意在御道兩旁植松樹，取其松柏長壽之意。八十壽誕那一次，乾隆命令扈從大臣彭元瑞，撤下原有的對著，撰寫新著。彭元瑞就眼前松柏之景，撰一聯道：

八十君王，處處十八公，道旁加壽。

「十八公」合成一個「松」字，是切合眼前景色，又含長壽之意，上聯意境不錯。可是上聯吟出後，卻想不出下聯。別的扈從大臣也大眼瞪小眼，你望著我，我望著你，吟不出一句合適的對句。有人提議請紀曉嵐出手。

紀曉嵐這時還在北京，他對來求聯的大臣提起筆來道：

九重天子，年年重九節，塞上稱觴。

這下聯就眼前情事，與上聯構成一個完整的境界，工整和諧。慶壽那天，乾隆見到這幅對聯，連連稱讚。

這乾隆八十壽誕，紀曉嵐除完成這一對句外，本人還單獨撰寫了一副對聯。該聯氣勢宏大，妙筆如花，當時的壽聯，沒有一副超過他的，聯云：

八千為春，八千為秋，八方向化八風和，慶聖壽八旬逢八月；

五數合天，五數合地，五世同堂五福備，正昌期五十有五年。

上聯含「八」字，萬八旬大壽之意，下聯取「五」字，寓乾隆在位五十五年（八十壽誕時正是乾隆五十五年），兩者都是巧妙而又恰當的頌揚，眾人無不驚服。

與此聯意思相近，他還寫有另外一副對聯，聯云：

龍飛五十有五年，慶一人五數合天，五數合地，五穀登，五雲現，五事修，五福備，五代同堂，祥開五風樓前，五色斑爛輝彩帳；

鶴算八旬逢八月，祝萬歲八千為壽，八千為秋，八寶進，八愷呈，八面暢，人風和，八方叢化，歌舞八鸞隊裡，八仙會繞咏霓裳。

此聯亦設想新奇，氣魄宏偉，對仗工整，只是不如上聯簡明強勁。

乾隆慶壽，有兩次規模最大。一次是八十壽誕，一次是五十壽辰。五十壽誕紀曉嵐亦曾寫有一副膾炙人口的對聯：

四萬里皇圖，伊古以來，從無一朝一統四萬里；

五十年壽誕，白茲而往，尚有九千九百五十年。

這副對聯誇示清帝國的強盛，又祝福當今皇上萬壽無疆（五十年聖壽，加上九千九百五十年，正是一萬歲），構思巧妙，引人遐想。激得乾隆滿心歡喜。高興之餘，把紀曉嵐從翰林院編修擢為京察一等，以道府記名，那年紀曉嵐才三十八歲。

## 兩參千叟宴

紀曉嵐以八十二歲的高齡辭世，一生中曾兩次參加「千叟宴」。

千叟宴是康熙、乾隆兩朝舉辦的大型國宴。聖祖康熙和高宗乾隆，為顯示文治武功，天下承平，並慶祝自己高壽和在位日久，而舉行的六十五歲以上的朝野耆老的宴會。這一宴會，依年齡大小，依次舉行三日，那幾天北京熱鬧非凡。

這種千叟宴，共舉行過四次。第一次是康熙五十二年，第二次是康熙六十年。康熙六十年那一次，乾隆只有十二歲，他很欣羨這種祝壽迎禧的特大場面。接位後，在乾隆五十年，他也舉辦這樣一次宴會，這就是第三次千叟宴。這次宴會規定六十歲以上即可參加，因而規模特別盛大。這年紀曉嵐六十二歲，自然少不了他參加。因為參加者都六十歲以上老人，因而端坐席上，一片白眉、白髮、白鬚，煞是好看。

參與這次宴會的有一個一百四十一歲的老翁，在與會當中年齡最大，跨越兩朝五帝，實在難得。當他向乾隆祝賀時，乾隆對他發生濃厚興趣。諭命群臣以此老為題吟聯。到會的文武百官，能吟詩作賦的不少，但突然面對此老，要吟出佳對來，卻一時瞠目結舌，無從對答。

這時，擔任兵部左侍郎的紀曉嵐，不慌不忙地站起來，奏道：「臣有一聯，請陛下聖裁。」

「你說吧！」乾隆道。

紀曉嵐吟道：

花甲重逢，外加三七月歲；
古稀雙慶，更添一度春秋。

這副對聯妙絕。紀曉嵐在老者的年齡大小上作文章，把「一百四十一」這個數字，化成幾個概念，連綴起來，說得氣勢非凡而有餘味。此聯花甲重逢是一百二十歲。六十歲為一花甲，這是眾所周知的。「三七歲月」即二十一歲。這兩個數字相加正好一百四十一歲。下聯「古稀相慶」，人生七十古來稀，雙慶即一百四十歲。「一度春秋」即1歲，這裡又剛好一百四十一歲，而且通過一個「更」字，說得很有氣勢，大有一年比一年強健的意味。在場的文武百官，同聲喝彩。乾隆很高興，當即頒贈禮品。

在宴會上，文武百官又題詩作賦，數量多達三千四百餘首。紀曉嵐也寫下八首詩，題名《乙巳正月予千叟宴恭紀八首》，其中有兩首這樣寫道：

〈其一〉

化字人多壽，耆老近四千；
相隨登綺席，所見半華顛。
旭日輝宮闕，柔颸韻管弦；
自欣才六十，已獲伴群仙。

〈其二〉

五代同堂慶，延祥屬至尊；
流長知有本，枝茂在蟠根。
古帝無倫比，詞臣已討論；
且詢陪宴叟，有幾見元孫。

這兩首詩，頭一首寫千叟宴的狀況以及自己有幸參與的高興心情。後一首盛贊乾隆的高壽和子孫繁茂。紀曉嵐很會捧場，但又捧到好處，逗得乾隆心花怒放。就在這一天，乾隆下諭旨，提升紀曉嵐為都察院左都御史。這一官職為全國檢察機關的最高長官，屬從一品。

紀曉嵐第二次參加千叟宴，是乾隆在位六十年的時候，亦即康熙、乾隆兩朝的第四次千叟宴。這一年，乾隆也達八十五歲高齡，決意退位，內禪仁宗，改號嘉慶。在元年元月四日逼行過仁宗登基大典後，就舉行了這第四次千叟宴。

這次考慮到，如年滿六十歲即准入宴，人數太多，而且和八、九十歲的人在一起，歲數懸殊太大，如同兒輩，於是改為七十歲以上始准入宴。宗室、大臣仍照前例為六十歲，儘管如此，各省匯集來京的人還是很多。

這一天，乾隆和嘉慶兩人在午門同時接受各省匯集臣民的祝賀，並在暢春園設宴，參宴的各方耆老與外國使節多達三千餘人。全國未能入宴的及齡老人五千多人，另外賞賜禮物。

在這次宴會上，乾隆依照康熙在第二次千叟宴所作之詩的韻腳，賦詩一首，詩云：

歸禪人應詞罷姸，新正肇慶合開筵；
便固皇極初臨日，重舉乾清舊宴年；
教孝教忠惟一籌，曰今日昨又旬延；
敬天勤政仍勖子，敢謂從茲即歇肩。

言下之意，表示自己年老仍須努力。

在這次盛宴上，紀曉嵐也獻上四首詩，題名《嘉慶丙辰正月再予千叟宴恭紀四首》。其中一首是說：

太極甘泉次第斟，鈞天九奏聽仙音。
三千人盡鬢眉古，六十年經雨露深。
早歲衢童皆老大，舊時壤叟倍歌吟，
應知聖主勞宵旰，多少載培長育心。

他仍頌揚皇恩浩蕩，盛世的太平在他心底裡總是那樣迴旋。千叟宴中，王公大臣和庶民所獻的詩，均可收入《欽定千叟宴詩》集中，並列為四庫珍本。

## 自作輓聯

中國古代有些文人有這樣的習慣，當自己還是活蹦活跳沒有千古一別的時候，便寫下輓聯或自祭文，讓人在他死後書寫掛在靈堂。這種作法不知起於何時何人，但至少在東晉已有明確記載。

東晉大詩人陶淵明，在他死前就寫下了《自輓詩》三首和自祭文一篇，其中《自輓詩》一首說：

有生必有死，早終非命促。

昨暮同為人，今旦在鬼錄。
魂氣散何之？枯形寄空木。
嬌兒索父啼，良友挽我哭。
得失不復知，是非安能覺！
千秋萬歲後，誰知榮與辱。
但恨在世時，飲酒不得足。

陶淵明這首白輓詩，是一種曠達之語，在曠達語中寄寓著一種不滿。所以與其說是自況，不如說是對當時時政的貶斥。

在自輓詩中，也有一些純粹是自況的。乾隆朝大詩人袁枚弟子黃先修客死陝西，當他病危時，囑咐家人將他葬在袁枚隨園別墅之側，並自題一聯云：

生持一經為弟子，
死營孤冢傍先生。

這副輓聯就是實實在在的自況，表示對師尊的仰慕與忠心。

紀曉嵐六十八歲那年，也突然心血來潮，寫下了一副自輓聯。

那年三月初二，他在圓明園當值，當時大學士劉墉也在坐。說著說著大家竟議論起生與死的問題，紀曉嵐忽有所感，對大家說：「著陶淵明自作輓歌，余亦自題一聯曰：『浮沉宦海如鷗鳥，生死書叢似蠹魚。』余百年之後，請諸公書以自輓。」

他的話一出口，大家的談興頓時冷卻下來，愕然地望著他。因為他年齡雖近七旬，但身體卻很好，乾隆賜給他紫禁城騎馬（允許在紫禁城坐一種小轎），他還是步行上朝，怎麼會想到死呢？群大家都不好說什麼。

這時，劉墉插嘴說道：「上句殊不類公，若以輓陸耳山，乃確當耳。」

陸耳山，即陸錫熊，《四庫全書》副總纂，他的仕途坎坷，因校對出錯等問題，幾次貶官破財。以上句來輓他，確合符實際。

劉墉想以這句話把話引到別處，打破當時這種不吉利的氣氛。可是話題仍未離開這個範圍，大家的談興再也提不起來。說話在當時只是聊天而已，誰知，三天過後，陸錫熊死訊的訃告，果真送到劉墉和紀曉嵐手中。

三天前的玩笑，眼下竟成事實，劉墉和紀曉嵐悲痛不已。

紀曉嵐在陸錫熊遺像上題詩三十八句，其中有幾句云：

羨君雅調清到骨，笑我俗病醫難痊。
有如帶劍異左右，定知結佩分書弦。

寧識相與不相與，此故不在形骸間。
蓬萊三島昔共到，開元四庫曾同編。
兩心別有膠漆契，多年皆似金石堅。
一旦東流驚逝水，至今南望悲荒阡。

## 四莫詩

宋代大詩人陸游有一首《示兒》詩，名垂千古！

詩云——

死去原知萬事空，但悲不見九州同。
王師北定中原日，家祭毋忘告乃翁。

這是陸游死前囑咐兒孫的話，希望宋朝南北統一後，兒孫在祭拜時不要忘了告訴他，反映了他強愛國精神。

紀曉嵐沒有處在這樣的時代，他是置身清鼎盛的太平盛世之中。但他對兒孫的要求有他自己的看法。他認為人的立身行事出發，也寫有一首戒後詩，中有四個「莫」字，所以也可以叫《四莫詩》，詩云：

貧莫斷書香，富莫入鹽行；
賤莫作奴役，貴莫貪賄贓。

紀曉嵐認為，即使再窮，也要讀書。只有讀書才是通向富貴之路。富了也不要做坑人害己之事。在清代，管理鹽務，最易撈錢。既可摻水摻雜，又可敲榨勒索，所以說「富莫入鹽行」。「賤莫作奴役」，紀曉嵐覺得，做奴役地位最低，失去了獨立的人格，寧肯扶著棍子要飯也比做奴役強。「貴莫貪賄贓」，這是紀曉嵐一貫宗旨。他為官五十年，官職屢升，權高位顯，從不索賄。他在給正在貴州做官的弟子陸平泉的詩說：

一札迢迢自日南，只將僾刺貯空函。
老夫得此心原喜，知汝居官定不貪。

陸平泉到貴州後，致書向紀曉嵐問安，並致歉因路遠無法送禮物。紀曉嵐接信後便寫了這首詩，可見他在這個問題上的態度。

與紀曉嵐交往甚密的朋友都是如此，如朱珪，他是乾隆十三年進士，後為體仁閣大學士，也是「半生唯獨宿，一世不貪錢」。劉墉與他父親劉統勛兩人均為相國，死後亦室無長物。劉統勛死後，乾隆見其如此，也不覺大慟。

紀曉嵐這首戒後詩，是他對兒孫的告誡，也是他自身為人準則的表白。

## 三姓門生

三國時期的呂布，為人不義，先事丁原，後事董卓，卓死後又想投曹操，曹操把他絞死在白門樓，時人稱為「三姓家奴」。乾隆後期有個曹翰林，趨炎附勢，屢換靠山，後被稱為「三姓門生」。

紀曉嵐對曹翰林很瞧不起，他討厭那些卑躬屈膝、趨炎附勢之徒。有一次曹翰林前來拜謁，他拒而不見。

曹翰林沒有多大才能，但他久慕外放，希望派任鄉試考官。可是一次也沒有輪到他。他焦急難耐，於是採取鑽營的手段。當時文華殿大學士兼戶部尚書于敏中當權，他叫妻子拜于的如夫人為乾娘，過從甚密。後來于貪圖賄賂，事敗失勢。他覺得大樹已倒，復又投靠其時秉政的東閣大學士兼吏部尚書梁時正，叫妻子拜梁時正為義父。

曹妻以義女的身份往來，當住梁府。冬天，梁時正早朝，朝珠冰涼，曹妻早早起床，把朝珠放進隆起的胸前，讓體溫暖熱，再親自替梁時正掛上。這種獻媚舉動令人作嘔，朝野傳為笑談。

紀曉嵐憋不住，作詩一首以諷之，詩曰：

昔曾于府拜乾娘，今日乾爺又姓梁。
赫奕門庭新吏部，淒涼池館舊中堂。
郎如有貌何須妾，妾豈無顏只為郎，
百八牟尼親手掛，探來獨帶乳花香。

所謂「乳花香」，指的就是溫朝珠的事。消息傳出，曹翰林臉上實在擱不住，只好以請病假辭官。

嘉慶四年，乾隆帝身故，嘉慶帝親政。這時被稱為「半生惟獨宿，一世不貪錢」的大學士朱文正秉政。曹翰林覺得新皇帝、新閣老好說話，又厚著臉皮求謁。結果當然是失望。有好事者，依據紀曉嵐本來的詩韻，又作詩兩句：

人前惟說朱師傅，
馬後跟隨戴侍郎。

對獻媚鑽榮者的嘴臉，可謂嘲弄貽盡。所以此公得了一個「三姓門生」的雅號。

紀曉嵐久居官場，深諳官場陋習。他在政務中，不多加爭辯。事後在詩作裡，時有流露，他寫有有京官的詩幾十首，其中有一首題為《小軍機》，對達官貴人在家作威作福，上朝又那麼卑躬屈膝的嘴臉，刻畫極為生動，詩云：

對表雙鬟報丑初，披衣懶起倩人扶；
圍爐侍女翻貂褂，啟匣狻意理朝珠。
流水是車龍是馬，主人如虎僕如狐；
昂然直入軍機處，低問中堂到也無。

此詩的最後一句，把那些達官顯宦，在權大權小者面前的兩副嘴臉，刻畫得入木三分、見血七分。封建官場，正直清廉者有，更多的卻是貪官、贓官、拍馬逢迎之徒。

## 趣批試卷

紀曉嵐早年遭受過落第的打擊，後來在擔任鄉試、會試主考官或同考官時，對生員的收捨特別慎重。他在嘉慶七年壬戌會試閱卷時，感慨地寫下這樣的詩句：

拭目挑燈夜向晨，官奴莫訝太艱辛，
應知今日持衡手，原是當年下第人。
誓約齊心同所願，丁寧識曲聽其真，
顏標錯認知難免，恕我明春是八旬。

表示自己閱卷慎重負責的態度。

可是有的生員實在胸無點墨，或者生性執拗，不太領會紀曉嵐的苦心，這時紀曉嵐只好運用他的幽默才能以警之。

他在擔任山西鄉試主考官時，審查黜落的試卷，發現一份卷子立意和寫法很不錯，但卻習慣性地將「口」寫成「厶」。例如將「員」寫成「負」，「尚」寫成「屳」。這種書寫毛病，是科考中的大忌。清代科考規定，凡是書寫筆法錯誤或不工整，不管文章優劣，一律不取，這份試卷被黜是理所當然。但為了避免有遺珠之憾，紀曉嵐還是特意地召見這位生員。

不料此生性格古怪，不但不認錯，反而抗辯：

「學生認為口厶本是一樣，何必吹毛求疵？」

紀曉嵐關切之情，反受到冷遇，不覺火冒三丈，提筆在試卷上寫下幾句話，把試卷擲給該生員，喝令：「出去！」

那生員接過試卷一看，上面批的是：

私和句勾，吉去呂台，

汝若再辯，革去秀才。

紀曉嵐沒有說理，只把幾個字排列出來，讓那生員體會是對是錯。那生員無話可說，只好悻悻而退。

參加科考的人，目的不一，有的為謀取前程，有的為實抱負，也有的紈絝子弟，不愁吃穿，只是來應付差事而已。紀曉嵐對那些只是來鬼混的人也不客氣。

有一次閱卷，發現一份試卷寫滿「如何如何」這樣的字。心中納悶。查問之下，方知是考場規定，不交卷不得出場，而交卷又不許交白卷。有一考生文章一句寫不出，為填塞試卷，便在上面亂寫。紀曉嵐又好氣又好笑，從考生的「如何」二字延伸，在試卷上批道：

如何如何究如何，如何如何如何多，

如何如何如何何，將如之何怎奈何。

以打油詩的形式，大大諷刺了一番。

科考場中，生員水平良莠不齊。有的滿腹經綸，字字珠璣，有的胸無點墨，一竅不通。紀曉嵐巡視府學，對那些拙劣的文卷，頗感頭痛。有一次看到一份卷子，實在難以卒讀。他想起兩句杜詩，遂把它批在試卷上，詩云：

兩個黃鸝鳴翠柳，
一行白鷺上青天。

那生員接到這份文卷，見沒有刪改，只是批有這兩句詩，以為是嘉論之辭，四處張揚，恰好遇上縣令，縣令喝道：「蠢才！『兩個黃鸝鳴翠柳』指的是不知所云，『一行白鷺上青天』，那說你離題萬里。還不思過！」這句棒喝，使那生員嚇得抱頭鼠竄而去。

在清代這種批文謬的趣話頗多。如有人引用「昧昧我思之」，誤為「妹妹我思之」。閱卷者批道：「哥哥，你錯了。」

又有以「事父母」為題者，作文其承題（八股文的段落名稱，下文「中比」亦是）曰：「夫父母，何物也？」

閱者評道：「父，陽物也；母，陰物也。陰陽配合，而乃生此怪物也。」

又有以「雞」為題者，其文曰：「其為黑雞耶，其為白雞耶，其為不黑不白之雞耶？」

閱者評道：「蘆花雞。」

這些都是表現作文者的荒謬和批閱者的詼諧滑稽。

## 小集城南

小集城南尺五天，壽星互映似珠聯。
一千歲尚饒余算，十五人同聚此筵。
丞相原容登洛社，侍中應記在堯年。
官曹事少多清暇，點綴升平也自賢。

這是紀曉嵐於嘉慶三年二月八日，在北京城南大白酒樓舉行的一次別致的集會上所寫下的一首詩。

這次集會是一次耆老的私下相聚席，出席集會的有：大司寇梁春淙，年八十二歲，少宰趙鹿泉，年七十二歲，少宰吳白華、少司農韓蘭亭、大廷尉蔣霽園，年七十歲，大司馬金聽濤，年六十九歲，侍御衛松岩，年六十八歲，少司農蔣戟門、少司寇熊蔚亭，年六十五歲，大司馬慶丹年、少司農劉竹軒，年六十四歲，中丞江時齋，年六十二歲，大京兆莫青友，年五十六歲，少司農宜桂圃，年五十二歲，當時任禮部尚書的紀曉嵐，年七十五歲，總共十五人，合計一千零四歲。所以詩中說「十五人同」、「一千歲尚」。

那天，大白酒樓裝飾一新。有這樣的一批年高德邁的達官貴人光臨，是極為難得的機會。他們特地在二樓闢了一間雅座，布置得詩情畫意。壁上有兩幅對聯，其一云：

劉伶借問誰家好，
李白還言此處佳。

這是酒家借劉伶、林白誇讚酒樓的妙處，以招徠顧客，另又有一幅聯語云：

我輩來此宜飲酒，
先生在上莫題詩。

這幅對聯用激將法，撩起人們飲酒題詩的興趣。

落坐後，大家互問安好，傾訴衷腸，酒桌上，喜氣洋洋。這時劉竹軒站起來提議道：

「今日之聚非比尋常，行個酒令方好。請最年長的梁春淙翁做令官如何？」

「妙！」大家齊聲附和。

梁春淙笑道：「我為令官可以，行令來雅的、還是來俗的？」

「由你定吧！」大家笑著。

梁春淙道：

「先用四書句為令，每句四字，合平上去入四聲。我先說一句：天下大悅。」

接下去是趙鹿泉、吳白華、韓蘭亭、金聽濤、衛松岩、慶丹年，他們分別續道：

「兄弟既翁。」

「何以報德。」

「妻子好合。」

「兵刃既接。」

「君子上達。」

「能者在職。」

在嘻笑聲中，他們一個個接令。輪到紀曉嵐，他卻不忙於接令，喝了一口酒，笑道：

「剛才令官有言，來雅的、還是來俗的，現在開始來俗的吧！」

「好！」

梁春淙欣然贊同，他也覺得雅的酒令大雅，只可考文才，不如俗的有趣，於是說道：

「現以桌上的菜為令，每吃一道菜，要從菜的名稱上說一古人。說不出者罰。」

梁春淙取一盤魚，說：

「姜太公釣魚。」

這時接令的順序不從梁春淙的右向開始，而從左向輪流。劉竹軒取一道羊肉，說：

「蘇武牧羊。」

熊蔚亭取一道馬肉，說：

「秦瓊賣馬。」

蔣載門取一道鵝肉，說：

「王羲之愛鵝。」

江時齋取一道鴿肉，說：

「曲子縱鴿。」

莫青友取一道牛肉，說：

「丙吉問牛。」

輪到紀曉嵐，紀曉嵐卻不慌不忙伸手把前面六人取的菜，統統移至自己面前，大家望著他這奇怪舉動，笑道：

「你為何掠取他人的菜？」

紀曉嵐笑道：

「我接的酒令是：秦始皇併吞六國。」

「嘩——」大家笑得前仰後合。

這次集會，平添了不少樂趣。紀曉嵐印象很深。他和梁春淙都寫了詩，前面引的這一首便是和梁春淙的詩。為了說明此次集會是耆老相聚，他在「丞相原容登洛社」句下還作了夾注：「耆英會皆年七十以上，惟司馬溫公年六十四得予與，今日之會相同。」司馬溫公即北宋司馬光，他以六十四歲的年齡資格參加耆英會。紀曉嵐引述這個典故，意在說明人到老年，都應參與這樣的相聚，這顯示出他在暮年的豁達和閑情。

## 太湖石與青桐

只要走進北京紀曉嵐虎坊橋住宅，一眼便可看到，院內東向花木叢中，有一塊高七、八尺的太湖石。此石皴皺斑駁，孔竅玲瓏，間佈苔蘚，姿態生動，凡是到紀府來的人，都忍不住望上一眼。

一般太湖石，在北京並不是稀罕物，而紀曉嵐家這一塊，卻是珍品。一是它本身姿態可愛，二是皇帝的賞賜品，是雍正年間，紀府建造這所房子時的紀念，三是來歷不凡。它不是隨意採自太湖的石頭，而是艮岳故物。

艮岳是宋徽宗政和年間在汴京（開封）東北角建的一座供遊憩的土山，石頭皆取自太湖免兒山，到清代已是歷經了五、六百年的文物了。據傳遼金營造北京，方把它從艮岳拆遷運來，它輾轉到紀府，可能幾易其主。它是一塊具有自然美感和歷史感、文物感的石頭，紀曉嵐特別喜愛。特別是它的大小和姿態，已屬北京南城所有太湖石的第一位，更引以自豪。故他的別號「觀弈老人」外，又取有「孤石老人」之號。

紀曉嵐不僅愛石，還愛花。當時北京花木最古者有兩處，居第一的是給孤寺呂家藤花，其次就是紀家的青桐，兩者都有幾百年的歷史。

呂家藤花，枝蔓旁引，葉片濃密，用堅實竹木豎起的花架支撐，覆蓋庭堂整個院落，開花時如紫雲垂地，香氣襲人。紀曉嵐壯年時常與友人在花下吟詩屬對，宴飲談天。他的一位朋友還興致盎然地題寫過一副對聯：「一庭芳草圍新綠，十畝藤花落古香。」可惜後來住宅幾次易主，已非昔日面目，紀曉嵐重遊時深為惋惜。

紀家的青桐，桐身直徑一尺五寸，高聳挺拔，枝葉旁遮，夏日月夜，滿院皆碧。後來樹幹被蟲蛀一孔，雨水侵蝕其內，天長日久，腐爛至根，竟慢慢枯死了。紀曉嵐很痛心，鬱鬱不快好一陣子。

## 挺身救考官

嘉慶七年，紀曉嵐這個已七十九歲高齡的老臣，再次出任會試考官。在此之前，他已有兩次充任會試正考官，兩次鄉試主考官，又曾被任命為武科會試正考官。每次主考，他都謹慎從事，嚴防出錯。在這次主考閱卷中，他還感慨地寫下這樣的詩句：

三度來登鳳味堂，蕭疎兩鬢已如霜。
衰翁寧識新花樣，往事曾吟古戰場。
陸贄重臨收吏部，劉幾再試遇歐陽。
當年多少遺才憾，珍重今操玉尺量。

如是表示自己要慎重取人。

可是偏偏在他最後一次主考、特別謹慎從事的時候，卻出了麻煩。考後不久，經過斟酌，確定了前幾名的名單和次序，並對試卷加有詳細評語。當時尚未發榜，屬絕密訊息。誰知這些情況都一一透露了出去。舉子之中，連紀曉嵐的評語也一清二楚。這下可捅了大漏子。

舉子們議論紛紛：

「試卷詩未等揭榜，怎麼漏了出來？」

「前幾名莫非有考官的親戚！」

「說不定啊，錢能通神，營私舞弊者多矣！」

這些話傳到紀曉嵐耳朵裡，他覺得此事非同小可。按照當時科考紀律，泄密之人不僅丟官，蹲監獄，甚至要殺頭。有關人員也要牽連進去，正考官和副考官也脫不了干係。如不妥善處理，將引發一場災難。

他把另一名正考官左都御史熊枚和副考官內閣學士玉麟、戴均元找來，商討此事。熊枚道：「被取之人與諸考官無任何關連，係秉公取錄。如有私情，只有保密，不會泄密。」

「泄漏此事看不出目的，可能事出隅然。」戴均元感到有些迷惑不解。

紀曉嵐也覺得此事奇怪，泄漏此事無非把水攪渾而已，對大家都沒有好處。可能是無意中出錯。他決定把事情攬在自己頭上。於是對他們說道：「此事待我去面見聖上。」

嘉慶帝在這時早已得到稟報，雖然很惱火，但也不明白為何會出現這樣的事。他下令追查，又把紀曉嵐召來問話：「老愛卿，此事係何人所為？」

「啟稟聖上，臣即是泄漏之人。」紀曉嵐慢條斯理地說。

「你——」嘉慶很吃驚。他知道紀曉嵐辦事謹慎，這種事決不會出在他身上，可能另有隱情，於是接著問題：「卿又何故泄漏呢？」

紀曉嵐道：「為臣書生意氣，每有佳作，反覆吟詠，難免在朋友談論中漏出幾句。此事實出無意，如聖上動怒，紀昀甘願領罪。惟求聖上開恩，不要株連他人。」

嘉慶明白紀曉嵐的用意，無非是要消解此事。現見事情僅僅是偶然失錯，也就怒氣消了，撤回追查此案的大臣。一場將要掀起的大風波，就在紀曉嵐巧為周旋下而平息下去。那些參與此科會試的大小官員個個感謝紀曉嵐，至於那真正泄密的人，雖不敢明言，那他的感激更是至誠至深的。

## 觀弈道人

紀曉嵐晚年，對圍棋有濃厚興趣，並且自號「觀弈道人」。他在六十八歲寫的《槐西雜志》小引裡，就是這樣署名的：「壬子六月，觀弈道人識。」

紀曉嵐擁有一副別致的棋子，圓潤秀美，晶瑩透亮，那是朝鮮使臣鄭思賢送給他的。黑子全是海灘細石，大小粒粒一致，不知經若干年海水沖擊所致。白子全是海灘貝殼，也被海水打磨得潔白如雪。碎石和貝殼雖不珍貴，但要拾取這麼多厚薄均勻、顏色一致的，非一朝一夕之功，從這點看，就值得人特別珍視。紀曉嵐非常喜愛，放在書齋裡，經常把玩。可惜後來被棋友范司農借去，范氏死後，棋子不知下落。紀曉嵐惋惜不已。

紀曉嵐對下棋有他的獨特看法。他覺得對弈之事，「消閒遣日，係不妨偶一為之；以為得失喜怒，則可以不必」。

他常引用蘇東坡的詩：「勝固欣然敗亦喜。」又推崇王安石的觀點：「戰罷兩奩收白黑，一枰何處有虧成。」把下棋看作消遣，從不計較勝負。

為表明他這種態度，經常把他從兄紀方洲、紀坦居那裡聽來的兩個故事講給朋友聽。紀曉嵐老家景城真武祠，有一道士酷愛下棋，人稱「棋道士」其本名外人倒不知道。有一天，紀方洲來到真武祠，見桌上置一棋局，只三十一子。紀方洲以為棋道士外出，便坐下來等待。忽然聽到窗外有喘息聲，走出來一看，原來棋道士與一個人正在爭奪一個棋子，四手相持，力竭倒地，發出呼哧呼哧的喘息聲。

乾隆丁卯，紀坦居參加鄉試。試院有兩個考生，畫號板做棋盤，以碎炭為黑子，剔碎石灰塊為白子，對弈不止，竟忘了應試，終場時一齊交了白卷。

紀曉嵐覺得這兩個故事裡的弈棋者很可笑，為弈棋竟忘記一切，實在太執著。

他把這種弈棋的看法，又用在人生態度上。他自稱「觀弈道人」，一是表示酷愛棋藝，一是表示超然物外的處世態度。

從烏魯木齊被召回京的那年冬天，有人拿來一幅《八仙對弈圖》，求他題詩。圖上畫的是韓湘子與何仙姑對弈，呂洞賓、漢鍾離、藍采和、張果老和曹國舅五仙旁觀，鐵拐李卻超然物外，躺在旁邊樹下石頭上，枕著葫蘆酣然大睡。

紀曉嵐覺得很有哲理意味，題詩兩首，詩云：

十八年來閱宦途，此心久似水中鳧。
如何才踏春明路，又看仙人對弈圖？

局中局外兩沈吟，猶是人間勝負心。
哪似頑仙痴不省，春風蝴蝶睡鄉深。

紀曉嵐覺得應像鐵拐李那樣，置一切世事於不顧。

可是，他這樣想，只是說說而已，從來沒有實踐過。如果真是如此淡泊，那也就不成為紀曉嵐了，他在《閱微草堂筆記》中記述自己早年這種心情後，不得不說：

「今老矣，自跡生平，亦未能踐斯言。蓋言則易耳。」

看看乾隆年間的政治角逐，特別是與和珅的鬥爭，有那幾次紀曉嵐置之度外！客觀現實使他無法保持沉然，紀曉嵐是如此，當年說「勝固欣然敗亦喜」的蘇東坡，說「戰罷兩奩收白黑，一枰何處有虧成」的王安石，又何嘗不是如此！

在人生態度上，所謂觀弈者，只是一種企求和願望而已，要超然物外是不可能的！

## 八十壽誕

紀曉嵐六十壽辰、七十壽辰是否有大加慶賀，他的文集中沒有記載，獨有八十壽辰，奏摺說得非常明白。嘉慶八年六月十五日，便是紀曉嵐八十壽辰之日。這天閱微堂修葺一新，大門上鐫刻著一副對聯：

兩登耆宴今猶健
五掌烏台古所無

這是劉墉寫的，將紀曉嵐兩參千叟和五任都察院左都御史的殊榮，全概括了進去，氣勢不同凡響。

庭堂的楹柱上，另刻有一副對聯，是詩人、書法家梁山舟題寫的：

萬卷編成群玉府

一生修到大羅天

這副對聯既讚揚他完成了總纂《四庫全書》千秋偉業，又祝他龜齡高壽，松鶴延年。兩副對聯互為補充，相映生輝，把紀曉嵐數十年的業績和功勛表達了出來。

閱微草堂院內各居室、長廊，也裝點得很別緻。草堂前院在樹木花草掩映之中有三間書房，自西向東，依次名為「綠意軒」、「瑞杏軒」、「靜東軒」，這三軒的牆壁上爬滿了長青藤。草堂的中院，中間是客廳，西側是臥室，房前有兩株海棠，據傳是紀曉嵐為紀念文鸞而親手種的。草堂後院，在一株大槐樹和梧桐樹下有兩間住房，分別叫「槐安國」、「孤桐館」，馬夫人和明玕生前曾住過。對這些宅邸，紀曉嵐曾分別作詩題詠，這次請書法名家寫成詩幅，掛在廊上或室內，別有風味。

## 閱微草堂

讀書如遊山，觸目皆可悦。

千岩與萬壑，焉得窮曲折。

烟霞滌湯久，亦覺心胸闊。

所以閉紫荊，微言終日閱。

## 孤桐館

月出夜蒼蒼，秋色淡無際。
梧桐葉蕭瑟，影落庭前地。
覽景欲有吟，寂然無一意。
淅瀝微風聲，心情亦不寐。

## 槐安國

萬古一夢覺，大千才瞬息。
七情紛擾攘，當境誰能識。
安知此樹下，不有槐安國。
安知此天地，不在槐根側。
真妄竟何有，輾轉空疑惑。
且看向南枝，皎然映月色。
移榻坐軒楹，忘機兩冥默。

前來祝賀的部院大臣有劉墉、彭元瑞、朱珪、慶桂、董浩、劉一權等，另有門生故吏，親族友好等各方人士。獻詩獻詞獻序者頗多，他們均讚揚紀曉嵐的宏觀博學，集學人之大成。惟獨汪德鉞的壽序別開生面，與眾不同。

汪德鉞，字銳齋，安徽懷寧人，為嘉慶元年會試時紀曉嵐錄取的進士，這時已官禮部主事，為紀曉嵐的屬吏。他對紀曉嵐十分了解，從生活的角度讚揚紀曉嵐的思想和品性，打破了那萬眾一詞的寫法。他當眾朗讀他寫的《紀曉嵐八十序》其文曰：

維嘉慶八年六月中旬十五日，吾師舉八十觴，德鉞於丙辰為門下士，已隨諸同年合辭致祝矣。於禮部為屬吏，又隨諸同僚同聲頌禱矣。顧吾師以名才掩德，自親炙八年以來竊窺見其神明陰相者，外人或弗克盡知，愛獨為以獻。

德鉞嘗謂致壽道有四：儉則壽，《老子》「知足之足則帝足」是也。勤則壽，周公「無逸」之訓也。靜則壽，孔子「樂山」之旨也。慈則壽，《小雅》「樂只君子，民之父母，即繼以遐不黃耆」是也。四者之中，慈最要。天地之大德，日生與天地合德者，天必何佑愛惜之，俾享遐齡，豈有他哉！亦使之長代被生物云爾。

吾師居台憲之首，據宗伯、司馬之尊，登其堂蕭然如寒素，察其與馬、衣服、飲食備數而已，其儉也若此。精力絕人，巨細畢究，自束髮以逮服官，書鄭則寢食不離，簿書亦鈎考維嚴，其勤也又若此。性耽闃寂，不樂與名流相爭逐，公退後，閉門獨坐，沖然自得，其靜也又若此。乃其宅心之厚，行事之恕，更仆數之不能終，姑舉梗概言之。其好惡也，褒秋毫之善，貶纖芥之惡，迫於董茂安之性也。豈知改過自新者，記人之善，忘人之過，則又住定祖之寬大矣。其惓惓於宗族故舊也，即囊無盈財，亦與之同其飢寒而後慊心，是又許文休之紀綱同類矣。舊例，挈妻子謫遣於烏魯木齊者，五年後釋為民；單丁則終身戍役。乾隆庚寅夏，積多至六千人，頗相搧動。吾師具奏稿，請將軍色彥弼上之，六千人同日脫籍。著為今，與挈眷者同限。是非雋於二曼倩之哀矜與？乾隆壬子，畿輔大機，京師發粟賑濟，飢民皆聞風先期入城，時距秋冬之交甚遠，吾師奏請截留官糧一萬石，立十廠煮賑。得諭旨，六月開廠。賑期向無在夏月者，此特恩也。後復增五廠，至癸丑四月始停止，所全活者無數。是非萍希文、陳希元之子諒與？平生講學。不空持心性之談，人以為異於宋儒，不知其　民於善，訪民於淫，拳拳救世之心，實導源洙泗。即偶為筆記也，以為中人以下，不中可與莊語，於是以卮言之出，代木鐸之聲。乍視之，若言奇言怪；細核之，無非寓懲勸以發人深省者。柳子厚云：「即末以操其本，可十七八。」

此與濂洛關閩拯人心沉溺者，意旨不若合符節與？而世或僅以劉子政、曾子固之編摩擬之，又或以庾子山、蘇子瞻之文藻擬之，所謂見其表不見其裡，若較株內蘊之閎深，此猶糠秕爾。且吾師文章著述，足以傳世，即山陬海潤，兒童走卒皆知之，又與致壽之源毫無比附，德鉞以略而不道也。

他的壽序博得了在場人的嘖嘖稱讚。

慶壽活動最引人注目的是嘉慶帝的祝賀。這天一大早，嘉慶帝便命上駟院卿常貴為特使，持珍品，前來賀壽。對老臣如此厚待，紀曉嵐很感動，他在恭謝的奏摺中說：

來茲倘得餘齡，總屬人天之福蔭。銘心鏤骨，當傳諸子子孫孫，結草銜環，予矢以生生世世。

這位大才子對皇恩實在是感激涕零。就在這年他又被任命為兵部尚書兼教習庶吉士，但終因年老體衰，兩年後，這一代奇才變無疾而終了！

國家圖書館出版品預行編目資料

第一才子紀曉嵐，羅宗陽　著，
初版，新北市，新視野 New Vision，2023.11
面；　公分 --
ISBN 978-626-97656-1-4（平裝）

856.9　　112014042

第一才子紀曉嵐
羅宗陽　著

出　　版　新視野 New Vision
製　　作　新潮社文化事業有限公司
製 作 人　林郁
電話 02-8666-5711
傳真 02-8666-5833
E-mail：service@xcsbook.com.tw

印前作業　東豪印刷事業有限公司
印刷作業　福霖印刷企業有限公司

總 經 銷　聯合發行股份有限公司
新北市新店區寶橋路 235 巷 6 弄 6 號 2F
電話 02-2917-8022
傳真 02-2915-6275

初　　版　2024 年 01 月